CONFESSIONE POSTUMA

QUATTRO STORIE DELL'ALTRO MONDO

REMIGIO ZENA

© 2023 Culturea Editions

Texte et illustration de couverture : © domaine public
Edition : Culturea (Hérault, 34)
Contact : infos@culturea.fr
Retrouvez notre catalogue sur http://culturea.fr
Imprimé en Allemagne par Books on Demand
Design typographique : Derek Murphy
Layout : Reedsy (https://reedsy.com/)

Dépôt légal : janvier 2023
Tous droits réservés pour tous pays

ISBN : 9791041845248

CONFESSIONE POSTUMA

Mi perdoni, Monsignore reverendissimo, se nello stato di turbamento ineffabile nel quale mi trovo, ardisco rivolgermi a lei, chiedendo aiuto e consiglio. Prima di confidarmi ad altri, che forse riderebbero di me trattandomi d'allucinato e di visionario, dalla sua carità paterna imploro quella pace al mio Spirito che altri non saprebbero darmi; e nel nome di Nostro Signore Gesú Cristo l'imploro fiducioso, in memoria della benevolenza tutta speciale onde lei si compiacque onorarmi per tanti anni, e che fu il tesoro della mia adolescenza e della mia giovinezza, fin dal giorno che, per grazia divina indegnamente ascritto alla milizia della Chiesa, tremando e giubilando, offersi la prima volta il santo Sacrifizio.

Padre, padre mio, mi ascolti e mi illumini. Colla mente mi inginocchio ai suoi piedi e le apro tutta l'anima mia.

Che talvolta, per altissimi fini imperscrutabili della sua giustizia e della sua misericordia, Iddio interrompa le leggi naturali, servendosi di mezzi che la nostra vana scienza e il nostro orgoglio e la nostra miseria non possono comprendere né spiegare, la fede ce lo insegna, come ce lo insegnano le Sacre Scritture e innumerevoli esempi anche attuali, sotto i nostri stessi occhi: ma non è men vero che pure il demonio, quaerens quem devoret, non di rado usa in danno delle anime artifici meravigliosi, che hanno l'apparenza di miracoli e dai quali facilmente i deboli o gli ignoranti restano affascinati e indotti al peccato: prova ne siano le vite dei santi, che ad ogni passo riboccano di simili tentazioni stupefacenti, e anche al giorno d'oggi i fenomeni dello spiritismo che menano tanto scalpore perfino fra i dotti, e che la «Civiltà Cattolica» negli ultimi fascicoli di questi mesi combatte vittoriosamente, smascherandone la nequizia, rivelandone l'origine diabolica. Ora, se io fossi giuoco del maligno? Per quanto negli avvenimenti strani che sto per raccontarle e dico strani, poiché altro vocabolo piú significativo in questo momento non mi soccorre io non sia capace nella mia ignoranza di ravvisare l'insidia, chi mi dà la certezza che, in penitenza forse dei miei falli, Iddio non voglia sottopormi a una terribile tentazione?

Penso con terrore che la notte si approssima. Ho pregato e pianto ai piedi del Crocifisso. Padre mio, preghi per me e mi illumini e consoli. Stamattina nel celebrare la santa Messa, usai invano ogni sforzo per espellere dall'anima mia i pensieri insistenti che la turbavano; non fu se non durante il Canone, che alla presenza reale di Nostro Signore, annientandomi nell'adorazione eucaristica, si dissiparono per pochi minuti, come se le anime che tormenta il fuoco di purificazione, mi avessero ottenuto di poter intercedere per esse con fervore nel memento dei morti.

In nome di Dio, ella che tante volte e con ammonimenti paterni mi aiutò a trionfare degli scrupoli che mi assalivano, non mi creda vittima di una allucinazione prodotta appunto da scrupoli o da soverchi esercizi di pietà: ho perfetto criterio del mio stato d'animo, la mia memoria è limpida, senza intervalli e senza lacune, tanto limpida e netta che di queste ultime quaranta ore rivedo lo specchio minuto per minuto, e nel riaffacciarsi alla mente d'ogni mio atto, ad una ad una torno a provare le medesime sensazioni.

A questo tavolino dove adesso le sto scrivendo, ier l'altro a sera terminavo di recitare l'Uffizio. Erano da poco suonate le undici. Mio fratello, che è medico assistente all'Ospedale Maggiore e dorme nella stanza attigua alla mia le notti che non è di guardia, da circa mezz'ora aveva spento il lume, contro il suo solito di vegliare, studiando, fin dopo il tocco. Appena un momento era entrato da me per dirmi che la visita di Sua Eminenza il nostro Arcivescovo all'ospedale avrebbe avuto luogo la mattina seguente in forma solenne, e andando con lui mi sarebbe stato facile unirmi agli altri ecclesiastici del corteggio; poi si era subito ritirato affranto dalla fatica e assai commosso per la morte avvenuta quella sera d'un'inferma del suo riparto, una povera giovinetta tedesca, orfana e abbandonata, alla quale per un sentimento di compassione grandissima aveva dedicato in modo speciale tutte le sue cure, fin dal primo giorno che l'aveva vista vaneggiante nel delirio d'una febbre tifoidea senza perdono.

Ero giunto all'ultimo versetto del Benedictus: illuminare his qui in tenebris et in umbra mortis sedent, e rammento che quelle parole di consolazione le ripetei due volte come un suffragio all'anima dell'estinta, cui il delirio continuo aveva impedito di riconciliarsi con Dio; nella ferma fiducia che anche a costo di un prodigio, la misericordia infinita l'avrebbe salvata attraverso le tenebre della morte, quando udii repentinamente, nel gran silenzio, uno squillo al campanello della porta di casa. Chi poteva essere a quell'ora? Mi alzai e con ambe le mani reggendo la lampada a petrolio, andai ad aprire. Nessuno. Non ne feci meraviglia; già altre volte, massime in campagna, mi era occorso di udire dei falsi suoni o delle false voci nel cuore della notte, proprio dentro la camera mia, sulla mia testa, all'orecchio, e pronto a giurare d'avere realmente e distintamente udito; dover poi riconoscere che l'immaginazione mi aveva ingannato. Tranquillo, tornai a riprendere da capo la recita del salmo, ma pure avendo il breviario aperto sotto gli occhi, a tutta prima non seppi raccapezzarmi, la memoria mi falliva e non trovavo il testo sul libro, offuscato da un velo di nebbia. La lampada agonizzava; alzai il lucignolo e stetti qualche momento in contemplazione della fiamma risuscitata, come davanti a un simbolo. Illuminare his qui in tenebris et in umbra mortis sedent. Nei giorni precedenti avevo purtroppo inteso da mio fratello chi fosse colei che da Vienna era venuta in Italia a morirvi nell'abbandono, e perché fosse venuta e di quali ghirlande profane avesse infiorato la sua misera giovinezza. O Signore, non c'era piú dunque per lei speranza di risurrezione? Non soltanto dagli uomini era stata abbandonata, anche da voi, Signore, anche da voi, o clementissimo e misericordioso, umanato per lei, crocifisso per lei? Un attimo le sarebbe bastato per conoscervi e impetrare la sua remissione, e quest'attimo di luce voluto dal vostro sangue sparso, non le sarebbe stato concesso mai piú, per tutta l'eternità, se incosciente era trapassata dall'agonia nella morte senza averlo potuto ottenere?

Padre, un nuovo squillo risuonò nel silenzio, piú acuto del primo ed altrettanto inaspettato. No, questa volta non era una illusione della mia fantasia. Tuttavia non mi mossi subito: quand'ecco spegnersi la lampada all'improvviso, come fulminata da un soffio d'uomo. Tra il sonno e la veglia, mio fratello chiamò: «Pietro, vai tu ad aprire? hanno suonato due volte»; segno che lui pure aveva udito la prima e la seconda scampanellata. Risposi: «Vado io, dormi tranquillo» e levatomi in piedi, cercai a tentoni sull'inginocchiatoio accanto al letto i fiammiferi e un pezzetto di candela che mi serve ogni mattina per vederci a scender le scale. Senonché, urtando colla mano, feci cadere un piccolo Crocifisso, quello stesso, Monsignore, che ebbi da lei in prezioso dono il giorno della mia ordinazione; lo raccattai da terra all'oscuro, mi accorsi che nella caduta se n'era staccato il piede, e senza pensare a posarlo, accesa la candela, tornato nel vestibolo, adagio adagio, per non isvegliare mio fratello che certamente si era riaddormentato, apersi di nuovo la porta. Nessuno! Chiesi nel buio: «Chi è là?» Nessuno rispose. Non c'era dubbio: qualche biricchino maligno, introdottosi di straforo su per le scale, che si pigliava il pessimo gusto d'una burletta; e poiché s'era messo all'opera, non vedevo ragione che si stancasse cosí presto, se da parte mia gli lasciavo piena libertà di sbizzarrirsi alle mie spalle. Salii ai due piani superiori, ridiscesi, e un gradino dopo l'altro mi trovai abbasso in fondo alla scala, senza essermi intoppato con anima viva. La portineria era deserta, ma il portone rimasto socchiuso, attraverso il quale penetrava dalla strada il riverbero d'un fanale, indicava abbastanza che l'amico aveva avuto agio, distrattamente e a passi leggerissimi, di darsela a gambe, appena subodorata la mia intenzione. Fuori, come se ci fosse un uomo in agguato contro il muro, mi parve di scorgere, per la breve apertura, un'ombra immobile sulle lastre bianche del marciapiede.

Ella non mi crederà, padre reverendo, e non credetti io stesso ai miei occhi, quando nell'uomo che aspettava riconobbi mio fratello. Volli interrogarlo: perché era disceso anche lui? come aveva fatto in cosí breve a vestirsi e passarmi davanti, invisibile? Non rispose. Eppure era lui, Claudio, Claudio mio fratello, nei medesimi panni che indossava un'ora prima in camera mia; e se anche avessi potuto sospettare la piú strana delle rassomiglianze con un ignoto, il suo sguardo mi avrebbe tolto ogni dubbio. L'interrogai di nuovo, pieno d'ansietà: perché era sceso e come mai non l'avevo veduto? si sentiva male? voleva che io l'accompagnassi? Non rispose o meglio, io non lo compresi: dal movimento delle labbra, forse parlava, ma la sua voce non aveva metallo e le sillabe svanivano in un soffio, mentre, d'un pallore algido, mi fissava immobilmente e le sue pupille, fatte d'acciaio, mi penetravano nel midollo delle ossa. Atterrito, non dubitando piú che fosse stato colto da un malore subitaneo, feci per afferrargli la mano e ricondurlo in casa; ma quantunque vicinissimo a lui, le mie mani non lo raggiunsero, caddero nel vuoto, quasi avessero tentato di stringere un'ombra.

C'era una volontà nei suoi occhi. Senza una parola, senza un gesto, fissandomi sempre, si mosse verso un vicolo oscuro, di rimpetto alla nostra casa. Gridare, perché alcuno lo trattenesse? Ad onta di sforzi inauditi per chiedere soccorso ai passanti, la mia voce ribelle si raggruppava quasi soffocata nella strozza, come in un sogno penoso, quando non ci riesce di prorompere in quel grido supremo che sarebbe la liberazione. I pochi solitari che transitavano, correndo pel loro cammino, taluni passandoci accosto, non si volgevano neppure. E da quella volontà mi sentivo soggiogato inesorabilmente, trascinato, ossesso, nella plenitudine della mia coscienza. Non era tempo d'aver paura né angustia, bensí di obbedire al mistero: Claudio s'inoltrava nelle tenebre e voleva che io lo seguissi!

Dove? Camminando alla mia destra, rigido, quasi statuario, egli mi precedeva d'alcuni passi. Se mi ero arrischiato in principio a un tentativo di resistenza, poi, goccia a goccia, piovendomi dentro il cervello il fluido igneo del suo sguardo mi aveva debellato; era compiuto l'esorcismo, e stretta la gola da un collare di ferro, la suggestione si risolveva in una forza meccanica, alla quale acconsentivo per abbandono, cane al guinzaglio, sebbene non piú sotto l'immediata impressione del fascino. Un labirinto di vie strette e tortuose, tutte eguali, tutte dormenti, che non sapevo riconoscere da verun indizio, e dove mi sembrava di non essere passato mai; ogni tanto il noto profilo di una chiesa o d'un monumento o d'un palazzo si disegnava confuso nell'oscurità. Ma come avevo perduto il criterio dei luoghi, cosí siffatte apparizioni fugaci e saltuarie, balzanti fuori scompigliate, in tutt'altro ordine topografico da quello che mi aspettavo, invece d'essermi guida non facevano che maggiormente sviarmi. A capo scoperto, senza mantello, tremavo e battevo i denti sotto l'aria gelida di queste notti di novembre; e per una inconcepibile astrazione mentale, piú

del freddo e piú del mistero onde ero trascinato all'ignoto, era il rispetto umano che m'angustiava, il timore d'esser visto a quell'ora, io, prete, a quell'ora, vagabondo per le strade in simile arnese! Come avvenne che di quanti trovammo sul nostro cammino, non uno, passando, ebbe curiosità di darmi un'occhiata, e giunti a un crocicchio poco piú largo di questa stanza, nell'attraversare una comitiva di schiamazzatori nottambuli, che cantavano a squarciagola in crocchio sotto un lampione, non uno, fra tanti avvinazzati, volse il capo dalla nostra parte ne fece atto d'essersi accorto del prete? fu nel momento in cui m'attendevo senza fallo ai loro frizzi ed anche alle loro contumelie, che mi sovvenni del Crocifisso, e non so dire se per salvaguardia ovvero per nasconderlo, lo strinsi al petto.

Quanto a mio fratello, ei badava a camminare sempre, senza voltarsi a guardare se veramente io lo seguissi. Piú ora ci penso, meno so rendermi conto della mia dedizione cosí plenaria alla sua volontà, da non preoccuparmi punto dove tendeva quella scorribanda notturna, quando sarebbe finita, come sarebbe finita, e da non avvertirne l'anomalia, se non rispetto alle cose esteriori. Dopo infinite giravolte, di botto Claudio si fermò davanti a una porticina dissimulata nello zoccolo di un fabbricato immenso che fiancheggiava tutta quanta la via; ne spinse l'uscio col semplice appoggio delle palme, entrammo in una specie d'andito, alla cui estremità, lontanamente, appariva un lume in cima a una scala che salimmo. Non rammento bene se fu nel percorrere il braccio di un cortile a grandi arcate, traversando un altro andito piú lungo e chiaro del primo, che due uomini ci si fecero incontro, vestiti alla stessa foggia, d'una palandrana, e tirarono dritti, senza guardarci, come se non ci avessero veduti. Cosí avvenne d'un terzo che, nell'ultimo corridoio, chiusa a chiave una porta, si allontanò canticchiando, mentre Claudio anche quella porta riapriva col semplice appoggio delle palme.

E dietro a Claudio affrontai il buio che si parava davanti, fitto, impenetrabile; e appena varcata la soglia, un buffo di vento freddo mi schiaffeggiò il volto. Procedetti senza veder nulla attorno a me; procedetti d'alcuni passi a casaccio, invano aguzzando le pupille per discernere la mia guida. Subitamente ebbi l'impressione che il collare di ferro onde sentivami stretta la gola, si fosse spezzato; mi sentii sciolto dal guinzaglio, libero dei miei atti e della mia volontà. Chiamai Claudio due volte e nessuno rispose: lo chiamai nell'angoscia d'essere stato abbandonato da lui in quel mare di tenebre dove mi aveva trascinato, e la mia voce rimbombò sonora come dentro una caverna ed ebbi paura della mia voce. Unico partito, tornare indietro e guadagnar l'uscio, ma le braccia protese per istinto nella caliggine, toccarono quasi subito la parete.

Rasentandola, era naturale che avrei finito per incontrare lo squarcio della porta. Nulla: prima a destra poi a sinistra, il muro si allungava interminabile, gocciolante umidità dalla calce fresca che lo rivestiva; e non sapevo rendermi ragione del come mi fossi tanto inoltrato, quando ero certo di non aver fatto in principio che pochi passi. L'ansietà di raggiungere presto l'uscita, scompigliando i miei calcoli, spegnendo ogni altro pensiero, anche quello di Dio, mi faceva sembrare eterno il tragitto e aumentava man mano che la piatta superficie, sempre eguale, senza interruzioni, passava dalle tenebre nelle tenebre. Per quanto fosse vasto l'ambiente, se non avevo smarrito altresí l'ultima sensazione di cui ero capace, e nel mio turbamento non m'ingannava la falsa sicurezza della linea retta, come mai, dopo tanto percorso in uno spazio chiuso circoscritto, non riuscivo ad uno dei quattro angoli? Imboccai finalmente un'apertura, finalmente! ma non era purtroppo che il vano profondo d'una finestra nello spessore del muro; non importa, poteva essere lo scampo. Le mie dita or non sentivano piú il ruvido intonaco sulla pietra che mi sembrava eterna, bensí scivolavano contro una lastra levigata, la percussione della quale toglieva ogni dubbio, ancorché dal di fuori non lasciasse trapelare goccia di barlume, piú opaca e piú densa che se fosse stata coperta d'un panno. Al postutto, se la spagnolotta resisteva ai tentativi e agli sforzi convulsi che facevo per aprire il telaio, i vetri avrebbero dovuto cedere sotto i miei colpi, ridotti in frantumi.

Ma sui vetri ecco apparire un riverbero luminoso, simile a quello che di notte, in ferrovia, si disegna sui cristalli dei finestrini, e nell'incerto specchio formarsi a poco a poco una macchia oblunga, come di persona in letto, che dorme. Pensai dapprima che al di là ci fosse un'altra stanza, dove tal uno avesse acceso una lampada, ma facendomi visiera agli occhi con le due mani, la fronte appoggiata ai vetri, non vidi piú nulla. Nel voltarmi rividi il chiarore dietro di me, e lontana poche braccia dalla nicchia in cui mi trovavo, una donna giacente.

Supina, coi piedi verso la parte opposta la mia, la conobbi per donna dal volume dei capelli attorcigliati sotto la nuca, aggrovigliati, aggrumati, enorme matassa color di ferro. Non le andai subito vicino, per quanto desiderio avessi di guardarla in faccia e piú ancora di sapere finalmente dov'ero. Uscito appena dai terrori del buio, la mia titubanza non proveniva da paura di quella visione e neanche da sorpresa, ma da uno sgomento nuovo, forse puerile; ho perfetta memoria del mio stato d'animo. Codesta donna era una tentazione che il demonio m'apparecchiava? E se questo non era, e alcuno fosse sopraggiunto, come avrei giustificato la mia presenza accanto al letto della dormiente? E se ella si fosse svegliata?

La curiosità mi vinse o piuttosto un impeto di ribellione alla forza occulta che faceva scempio di me. Donde piovesse la poca luce che rischiarava tanto spazio quanto ne occupava il rettangolo del letto, lo ignoro; so che non rischiarava altro; di qua, di là, nel fondo un'ombra impenetrabile. Rigidamente, colei stava distesa, non sopra un letto, ma sopra una specie di tavolato, senza materasso, senza guanciale, fino al mento coperta d'una tela greggia che non era un lenzuolo; i piedi sporgevano fuori, ignudi, le braccia s'indovinavano incrocicchiate divotamente sul petto. La guardai in volto: una giovinetta; forse di vent'anni, o neppure; bianca, bianca, cerea, piú bianca pel contrasto dei capelli ferruginosi; violaceo il velo abbassato delle palpebre, le labbra semiaperte, livide, intorno alla chiostra dei denti. Sospettai, mi corse un gelo su nelle spalle; era morta? Il freddo che sentivo nelle ossa emanava dal suo corpo. Chinatomi per vederla meglio e ascoltare se ancora respirasse, riconobbi il pallore cadaverico e non un soffio, benché tenue, mi sfiorò la guancia. Le posai la mano sulla fronte; nessun dubbio: era morta.

Mi sovvenni allora di Dio e caddi in ginocchio, pregando. L'opera del Signore non è mai vana: perché attraverso i prodigi inesplicabili delle sue vie, egli m'avrebbe condotto faccia faccia a un cadavere, se non per rivelarmi il miracolo infinito della sua clemenza? Pregai, non per me, ad alta voce, dinanzi al mio Crocifisso, che tenevo ritto contro la sponda di quel giaciglio e mi confortava in cosí tragica solitudine. Quanta pietà per quell'ignota, cosí giovinetta falciata a mattutino! Pregai fra i singulti, pregai desiderando, sperando, volendo qualche cosa di sensibile e di attuale, che percepivo come in lontananza e non sapevo determinare, e invece delle esequie mi sgorgava dall'anima insistente, la preghiera dei moribondi: Respice propitius, piissime Pater, Deus misericors, Deus clemens, super hanc famulam tuam in te sperantem, et non habentem fiduciam nisi in tua misericordia, ad tuae sacramentum reconciliationis admitte.

La creatura aperse gli occhi.

Son dieci giorni, monsignore, che a pezzi e bocconi vado strascicando questa lettera, dopo le prime pagine, interrotta da sonnolenze invincibili e fughe istantanee della memoria, e al sopraggiungere della sera, da una ripugnanza di star solo che somiglia al terrore dei fanciulli; e son dieci giorni che mi domando in virtú di quali meriti, io miserabile, io peccatore, fui prescelto da Dio perché assistessi a un miracolo di risurrezione, e lo vedessi compiersi davanti a me, senza alcuna meraviglia da parte mia, quietamente, come cosa che non eccede i confini naturali.

Aperse gli occhi, nuotanti ancora nella morte, e subito li rinchiuse, ferita da quel simulacro di luce. Dubitai. Dopo lunga aspettazione, li riaperse nello stupore di chi si sveglia da un sogno, spaventati e reminiscenti. Balzato in piedi, le posai di nuovo la mano sulla fronte. A quell'atto ebbe un sussulto per tutto il corpo; le sue pupille errabonde si fissarono nelle mie, quasi rifugiandovisi, assumendo un'espressione ineffabile di supplica e di fiducia. Oserei affermare che uscita dalla visione dell'eterno castigo, quell'anima rediviva riconosceva in me la potestà di liberarla? Agitate da un tremito, sembrava che le labbra tentassero uno sforzo per rivelarmi il segreto.

Rispondimi: Credi che il tuo Redentore vive, e nel novissimo giorno sorgerai dalla terra e lo vedrai coi tuoi occhi, e le tue ossa umiliate esulteranno al suo cospetto? che Egli è la resurrezione e la vita e chi crede in Lui, anche fosse morto, vivrà e non morrà in eterno? Proferii queste parole con voce ferma. La creatura che intanto non aveva battuto palpebra, tenendo lo sguardo sempre inchiodato nel mio, superò lo sforzo e dal moto delle labbra divenuto calmo e regolare, indovinai che articolava la risposta, ma cosí piano che l'udito non la percepiva. Curvo sul suo corpo, approssimai l'orecchio; non afferravo da principio neppure un bisbiglio indistinto, poi un sospiro, meno d'un sospiro, un alito che non avrebbe appannato il cristallo: ma quell'alito aveva suono e forma di sillabe, e in un linguaggio non mai ascoltato e che pure comprendevo quanto il mio, netta, spiccata, intera, raccolsi la confessione d'oltre tomba.

Appena sulla penitente feci il gesto della croce, pronunciando la formula sacramentale che l'assolveva nel nome della Sacrosanta Trinità, le sue pupille non mi videro piú, le sue labbra non mi parlarono piú, il suo corpo si irrigidí un'altra volta. Piú nulla. Claudio, che avevo dimenticato, sorto improvvisamente dall'ombra ai piedi del cadavere, stava guardandomi. Egli si mosse, seguito da me, verso il muro di tenebre, le quali a destra e a sinistra si aprirono a guisa di cortine sul nostro passaggio; e come la sua volontà mi aveva condotto in quel luogo, cosí mi trasse via per lo stesso cammino già fatto sino all'imboccatura della strada dove abito e che non tardai a riconoscere, tosto che mi accorsi d'essere stato di nuovo abbandonato dalla mia guida. Salii la scala a tentoni; trovai l'uscio socchiuso quale l'avevo lasciato nel partire, e allorché fui nel corridoio che mette alla mia stanza e, inciampando, feci rotolare una seggiola, non fu la voce di lui, di mio fratello, che intesi gridare dalla sua stanza, come quella d'un uomo svegliato di soprassalto?

A questo punto, ella dirà, padre, che non valeva la pena di importunarla, di rubarle un tempo prezioso e stancare la sua pazienza per narrarle minutamente un sogno da donnicciuola, o piuttosto una allucinazione inverosimile, prodotta senza alcun dubbio dal turbamento che nell'animo mio aveva suscitato il racconto di Claudio circa la sua inferma dell'ospedale. Credetti io pure a un sogno, e volli persuadermene a qualunque costo la mattina dopo, allorché mi destai, seduto davanti al mio tavolino, col breviario spalancato sotto gli occhi alla pagina del Benedictus; e con tanta ingenuità me ne persuasi, da non curarmi, per progetto deliberato, di appurare talune minime circostanze, e neppure di farne cenno a mio fratello, senza rendermi conto che questo disegno, spregiudicato in apparenza, non era altro in fondo che paura bell'e buona di dovermi ricredere. Sebbene rotto e febbricitante, dopo una misera Messa celebrata sotto l'assedio di continue tentazioni e di spasimi, non seppi risolvermi a lasciar partire Claudio solo, e l'accompagnai per trovarmi con lui sulla porta dell'ospedale, all'ingresso del nostro Arcivescovo e unirmi poi al seguito. Egli era malinconico e di poche parole. Strada facendo mi domandò: «Questa notte, chi ha suonato due volte il campanello? Cercavano di me?»

In compagnia del clero, dei membri del Consiglio d'amministrazione, dei medici primari e assistenti, dopo aver lentamente percorso ad una ad una le lunghe sale dolorose, fermandosi al letto degli ammalati piú gravi nell'uno e nell'altro riparto, confortando e benedicendo, Sua Eminenza reverendissima scese al piano del cortile. Entrammo tutti in un grande camerone, squallido, rischiarato da immense finestre coll'inferriata. Domandai dove fossimo, un giovane assistente rispose tra lo scherzo e lo scherno: «All'Eden». Cinque cadaveri giacevano sul tavolato, nascosti da una tela greggia; erano i morti della vigilia che aspettavano l'ora di essere sepolti. Monsignore manifestò il desiderio di vederli e alcuni famigli rovesciarono quel ludibrio di drappo funebre, lasciando cosí scoperti i volti, di fronte a noi: quattro uomini e una donna.

Debbo dirle che ravvisai in quella donna la giovane che io avevo confessata durante la notte, e che vidi il mio Crocifisso ancora adagiato sul suo petto. Con voce alta e sonora il Cardinale intonò l'antifona: «Ego sum resurrectio et vita...»

LA CAVALCATA

I

Un fatto che ha dell'inverosimile succede in casa vostra, durante la vostra assenza; quando vi si palesa, ne sapete meno di prima: non soltanto ne avviluppa una tenebra lo scopo e le modalità, ma pure le persone che l'hanno ideato, manipolato, e nell'ombra spiano ogni vostra mossa per ricominciare. Ladri? non sembra, almeno fino ad ora; dilettanti di burlette eccentriche ovvero d'un eteroclito carbonarismo nuovo risuscitato per passar mattana da chi ha tempo da perdere? piuttosto; ma comunque sia, la curiosità s'impossessa di voi, vi dà la smania e la febbre, tanto piú si acuisce quanto meno riescono efficaci i tentativi di sollevar la cortina, e allora, nel subitaneo assillo di averne il cuor netto, offrendo quel tenuissimo barlume ottenuto che ad altri piú esperti e sagaci di voi deve bastare a rischiarar la strada, a chi ricorrere se non al vigilante Argo della salute pubblica?

Andiamo da Argo. Molti ci vanno come dal dentista, quando un dente duole. E cammin facendo, non dubitando che oltre i cento occhi di prammatica prescritti dal Testo unico delle Leggi sull'Ordinamento della Pubblica Sicurezza e le cento braccia che l'opinione popolare gli affibbia, Argo sia munito altresí della bacchetta magica al cui semplice tocco si spalanca immediatamente l'ignoto, quasi quasi la fiducia di rifare tra mezz'ora quella stessa strada col cuore alleggerito da un gran peso, non vi sembra soverchia.

Siamo a Palermo, in Questura, nell'ufficio di don Pellegrino Gullifà, Commissario e cavaliere della Corona.

Due personaggi: uno, l'ingegnere Lascaris, tipo volontariamente inglese, dalla faccia rasa come un marmo, dal vestire inappuntabile per sobria eleganza con un vago accenno all'esotico, dalle maniere disinvolte e perfette di chi conosce per pratica piú d'una carta o due dell'atlante e si picca di trattar sempre con gentiluomini, alto, roseo, i capelli biondastri già sulla via della contumacia, forse anzitempo; l'altro, il Commissario, un Turiddu che il coltello di compare Alfio abbia trent'anni fa risparmiato e che abbandonata allora nel paesello nativo la pericolosa caccia alle Santuzze e alle Lole, sia sceso in città a caccia d'un mestiere da galantuomo, e in trent'anni la fortuna e qualche santo l'abbiano tirato su all'onor del mondo, un Turiddu grigio, ma schizzante ancora faville dagli occhi di pece.

Tralasciamo i preliminari d'un dialoghetto cerimonioso tra due persone che per la prima volta si vedono: l'ingegnere un po' irrequieto, un po' incerto, che man mano va riacquistando la sua scioltezza, il regio funzionario attento, impassibile.

«Senta quel che mi capita. Pel nuovo impianto a Castelvetrano delle Officine elettriche Ryland e C. e come direttore della medesima società per le industrie chimiche dello zolfo, da alcuni mesi, naturalmente, ho dovuto trasferire a Castelvetrano la mia residenza, però mia moglie, che avrebbe desiderato accompagnarmi, fu costretta dal suo stato cagionevole di salute e per consiglio dei medici a non muoversi da Palermo fino al prossimo autunno, ed io continuai a tenere in affitto il villino Floreal di casa Lucidia all'Olivuzza; tutte le settimane, quasi sempre il sabato sera coll'ultimo treno, faccio una corsa a Palermo per passar qui in famiglia la domenica e ripartirne il lunedí mattina.

Ieri l'altro, giovedí, un telegramma da Parigi del nostro rappresentante generale, Mr. Green, mi significava di trovarmi a Napoli domani mattina, senza fallo, per importanti comunicazioni di servizio, nelle poche ore che egli si sarebbe fermato a Napoli prima d'imbarcarsi e proseguire per Bombay. Lo stesso giorno partii da Castelvetrano nel pomeriggio, sarei qui giunto la sera verso le ore venti, se un destino non avesse voluto a bella posta trattenermi, per farmi arrivare a tutt'altra ora, inaspettato: in ferrovia non m'imbatto con la sempre giovine principessa d'Aligademi e una comitiva di belle signore e di amici palermitani, tutti quanti reduci da un'allegra escursione in partita alle grotte di Segesta? e non salta il ghiribizzo alla principessa d'invitarmi lí per lí al pranzo che li attende tutti nella sua villa? inutile schermirsi, addurre scuse, pretesti; niente vale; a San Lorenzo scendono e quasi per forza mi si fa scendere, son pronti gli automobili che ci portano in un lampo alla Zaffarana; si pranza lietamente, si fanno centomila chiacchiere, un poco di musica, una partita a bridge, si prende il thè... insomma, a farla breve, arrivo all'Olivuzza sulle quattro del mattino, in automobile.

Di questa stagione, si sa, oscurità perfetta. Faccio fermare, e saluto gli amici all'angolo del primo cancello per non turbare col rumore insolito di voci forse un po' troppo ilari la quiete di chi dorme. Inoltrandomi verso la porticina di servizio, della quale ho la chiave, scorgo un lume nel capannone. Bisogna sapere che il villino Floréal è minuscolo, niente piú d'un gingillo, e quindi sprovvisto di scuderia; tre cavalli che tengo, uno da sella per mia moglie, gli altri per la victoria, dovetti allogarli alla meglio in un capannone provvisorio, distante dalla palazzina quaranta passi o cinquanta, nel vicolo che ne fronteggia il lato sinistro.

Scorgo dunque un lume nella mia scuderia: diavolo! a quell'ora? l'uscio è socchiuso, entro piano piano, sorprendo il mozzo di stalla che stava asciugando Caliban, il cavallo da sella di mia moglie. Si capiva che l'animale, tutto in sudore e irrequieto, scalpitante e sbuffante, era rientrato pochi momenti prima. A quell'ora!

Voglio sapere, interrogo, e il giovinotto si confonde, balbetta, non saprei dire se piú atterrito dalla mia improvvisa comparsa o dal tono imperioso della mia voce; insisto, minaccio, lo metto alle strette, risoluto a qualunque costo di non andar via senza un'esplicazione del mistero, e piagnucolando finisce per confessarmi che aveva avuto ordine di condurre verso mezzanotte il cavallo fino al suburbio dei Porrazzi, anzi piú in là, in campagna quasi deserta, all'antica chiesa, ora abbandonata, di Santa Maria in Gloria, già dei Cavalieri d'Aragona, consegnarlo sulla porta a chi l'aspettava e lasciarlo lí, e sulla porta, dal personaggio medesimo tornare a riprenderlo un paio d'ore dopo.

Cose dell'altro mondo! l'ordine! ma chi l'aveva dato quest'ordine? chi si arbitrava di venire a comandare in casa mia e con tanta disinvoltura, con tanta arroganza, disporre dei miei famigli e dei miei cavalli? Ma non basta, ma non basta! a furia di stringere il brigante, un'altra ne imparo: non era quella la prima volta! nient'affatto: la terza o la quarta, non so bene, che da varie settimane la burletta si ripeteva allegramente, e ogni volta il brigante si buscava dieci lire di mancia!

Da chi le buscava? dice: dall'uomo sconosciuto che sulla soglia della chiesa gli restituiva il cavallo; benissimo; e nella chiesa non è entrato mai per pigliarsi una vista di quanto si facesse là dentro? risponde: proibizione assoluta, porta di ferro per lui e per gli altri palafrenieri che come lui venivano in accompagnamento d'altri cavalli, mezza dozzina circa, ora uno di piú, ora uno di meno. Grazie tante. Ma insomma, il punto essenziale era questo: figlio d'un cane, si poteva sapere sí o no chi avesse impartito l'ordine e da chi venissero le istruzioni? lui, il brigante, a chi obbediva? con chi aveva parlato e con chi era rimasto inteso?

Buio fitto. Pretende d'aver conosciuto per caso, alla Favorita in occasione delle Corse, un fantino a spasso, e da allora bazzicando insieme qualche rara volta, costui, sul principio dell'inverno, una mattina gli abbia fatto la proposta, a bruciapelo. Un fantino! Potrebb'essere, potrebbe non essere, andatevi a fidare di questi mascalzoni, concepiti, nati e cresciuti coll'istinto del mentire e mentiscono anche quando il loro tornaconto sarebbe di dire la verità; figuriamoci se non mentiscono quando evidentemente soggiacciono all'incubo d'una minaccia tenebrosa, che per essi, affigliati alla confraternita della mafia, ha tutte le guarentigie d'essere mantenuta se falliscono ai patti, in ispecie alla parola data di non tradire il segreto! Va bene, in mancanza di meglio, fantino sia; ma senz'altre indicazioni e non sappiamo neanche se si tratti d'un italiano o d'un forestiero, poiché il mariuolo si contraddice e finge di non rammentarsi e giura e spergiura di non aver mai saputo come si chiami e di non averlo mai piú visto né in corpo né in ombra da quando la proposta fu dibattuta e accettata su due piedi senz'altre indicazioni all'infuori d'un fantino anonimo, e per giunta scomparso, chi me l'agguanta quest'uomo?

Sbaglio: ce ne sarebbe un'altra indicazione e per la sua bizzarra gravità potrebbe mettere la Questura sulle traccie dell'enigma, se fossimo sicuri che almeno una volta, una volta sola, il mio mozzo di stalla si è dimenticato d'essere bugiardo. A costo di contraddirmi, c'è dei momenti che la tentazione mi piglia di vagheggiarlo quasi quasi meno furfante o piú ingenuo del presumibile e di credere che non sia tutta fanfaluca la sua storiella; per esempio, la chiesa di Santa Maria in Gloria ai Porrazzi non l'ha inventata lui, esiste, l'ho vista io stamattina, ne ho fatto il giro attorno, e non solo esiste in uno squallido abbandono, ma ho constatato io coi miei occhi, sul piazzaletto, davanti a una delle porticine laterali, segni manifesti d'un molto recente scalpiccio di cavalli, come ai sei finestroni piuttosto bassi e con una scala a piuoli facilmente accessibili, ho potuto constatare certe imposte tutt'altro che sgangherate, d'un'apparenza troppo solida per non farmi capire che se i vetri erano stati rotti dal tempo, non al primo curioso sarebbe stato concesso di ficcare lo sguardo dentro la chiesa. Tra un subisso di domande che gli feci, al mariuolo, quasi coi pugni sul viso, incalzandolo, stringendolo tra l'uscio e il muro per non dargli tempo di maturare la risposta, queste due mi venne in mente d'appioppargli: prima: hai parlato d'altri stallieri, cinque o sei, scritturati come te dall'impresa anonima dei Porrazzi; che tipi sono costoro? amici tuoi? di chi, di quali famiglie si trovano al servizio? e tra voi altri, discorrendo, aspettando in qualche taverna l'ora d'andare a riprendere i cavalli, cosa dicevate della spedizione misteriosa a cui vi si faceva partecipare di nottetempo, con tanto segretume e con una mercede abbastanza lauta, troppo lauta, per non farvi sospettare che ci fosse lí sotto qualche cosa di strambo? seconda: quando la sera dovevi condurre il cavallo fin laggiú, chi veniva a dartene l'avviso in scuderia, durante il giorno? non veniva nessuno, tu dici? e allora, come facevi, pezzo di canaglia, come facevi a esserne informato e a tenerti pronto?

Rispose alla prima domanda battendosi con le due mani il petto e invocando tutti i santi del paradiso a testimoni del suo giuramento, e la beatissima Vergine e Santa Rosalia bedda madre e Gesú Crocifisso, sfidando i fulmini a incenerirlo sull'atto se non diceva la verità sacrosanta, che le faccie degli altri conducenti erano per lui tutte faccie sconosciute e ne ignorava il nome e la provenienza, come ignorava in quali famiglie servissero, e non ci fu mai scambio di parole e neppure di saluto né prima né dopo la consegna delle bestie, e Dio liberi, durante gli intervalli un mezzo bicchiere di vino bevuto insieme alla stessa tavola, non ci fu mai. Spudorata menzogna, assurda, inverosimile, perché cotesti cavallanti si conoscono tutti, si conoscono prima di nascere, uno nascesse a Chicago, l'altro a Cefalú, perché non è concepibile un giovinotto che nella stranezza del caso suo, trovandosi con altri del suo mestiere, sopraggiunti come lui in identiche circostanze, rimanga muto, ammesso magari che non li abbia mai visti al mondo, e non senta il prurito d'interrogarli o non sia da essi interrogato per fabbricare almanacchi di congetture. Dunque, bugiardo sopra questo capitolo, ma un momento dopo, l'impeto delle mie insistenze l'avesse ridotto a corto di scappatoie o per levarsi dalla tortura escogitasse d'offrirmi lo spuntino d'una rivelazione, mi confidava il misterioso segnale che fin dal mattino avvertiva lui e i suoi compagnoni di tenersi in gamba per la sera coi rispettivi cavalli, e appunto sarebbe cotesto segnale quel principio d'indizio vago, che a patto di molta calma e pazienza e oculatezza, potrebbe fornire all'autorità il bandolo del gomitolo.

Nient'altro che una gabbia, non so bene con quale uccellino dentro, una gabbia esposta sul poggiuolo di quella data finestra d'angolo al primo piano, di quella data casa in via Ruggero Settimo presso i Quattro Canti di Campagna; bastava, passando nel giorno, dare un'occhiata alla finestra, dalla presenza o dall'assenza della gabbia pigliar l'imbeccata per la sera, e c'è da scommettere che il lucro delle dieci lire in prospettiva era buon pungolo alla memoria e tirava ogni giorno l'amico a far la sua ronda, col naso all'aria sotto il poggiuolo indicato.

Fin qui siamo bene in sella: via tale, numero tale, appartamento tale; chi è l'inquilino che ha l'uso del poggiuolo? si fa presto a saperlo, e saputo chi è, tutta quanta l'abilità del funzionario dovrebbe ridursi a farlo cantare l'inquilino, lui e i suoi di casa, circa l'esposizione della gabbia sulla pubblica via a scopi misteriosamente semaforici, e occorrendo, se nicchia, metterlo a confronto col mio mozzo di stalla; ma purtroppo, eccoci di nuovo a terra: l'inquilino non esiste; presi già stamane le mie informazioni: non esiste; e si capisce, dal momento che la finestra d'angolo del primo piano fu internamente murata dietro le persiane chiuse, e quindi, per l'euritmia della facciata rimaste intatte le decorazioni esterne, sono vari anni che il poggiuolo corrispondente non può essere usufruito da alcuno. Dunque? tocca all'autorità vigilante aiutarmi, traendo profitto da questo semplice indizio; pensi l'autorità vigilante ad appostare i suoi giannizzeri, a fiutar l'aria e il terreno, a scoprire insomma con la sua ben nota perspicacia in qual modo e per mezzo di chi la gabbiasegnale salga dal di fuori in certe determinate notti fino all'altezza del primo piano e lassú, appesa alla ringhiera, faccia ai passanti bella mostra di sé. Molto probabilmente l'enigma si risolverà in una burletta di qualche capo ameno, speriamolo; comunque sia, trovandone la chiave, piú che al mio piccolo interesse privato potrebbe rendere un servizio, l'autorità vigilante, all'ordine e alla sicurezza pubblica. Non si sbaglia mai ad andare a fondo, magari in quisquiglie da ridere, quando pare che ci sia del losco, lei me lo insegna.

Mia moglie voleva dissuadermi dall'importunare la Questura. Certo rimase stupefatta e irritatissima al racconto che subito le feci, svegliandola, del cavallo nostro condotto di frode e di nottetempo e con tanto apparato di mistero a una scuola clandestina d'equitazione o ad una giostra d'ignoti cavalieri da strapazzo, ma dopo tutto, perché dare importanza e pubblicità a un fatterello quasi domestico, a un abuso di fiducia da parte d'un barabba, che altro non dimostra se non la nostra insigne dabbenaggine, e per guadagnarci le beffe, sottoporci a visite di ispettori, commissari, questurini, a un'interminabile sequela d'esami e di confronti?

 Non sono dell'avviso di mia moglie, e non lo sono, non già perché essa abbia torto nel temere le risatine beffarde delle amiche e nel desiderio di non assoggettarsi alle noie d'un'inchiesta, ma perché piú ancora che dall'anomalia del caso mi sento come stordito dall'atmosfera d'occultismo che lo avvolge, perduto senza un barlume nel labirinto delle induzioni. Pochi discorsi: la curiosità mi martella, e da me solo, massime ora, costretto a viver lontano da Palermo l'intera settimana tranne la domenica, non ho sufficienti mezzi per appagarla; ricorro a chi può fornirmi una lanterna. Curiosità?

non so bene: quasi quasi paura! non so bene: paura dell'ignoto, paura d'un disastro immenso, irreparabile forse...

Perché sorride? capisco: dopo tutto, nella sua esperienza delle cose di questo mondo, le pare che io esageri e per un fatto semplicemente bizzarro io mi monti la testa un po' troppo, fino a confessare di aver paura. Ma non sa, lei, che questa confessione è sincera? che non arrossisco nel farla, perché si tratta di paura non degli uomini, ma di qualche cosa che è superiore alla volontà e alla forza degli uomini? non sa lei che da un tempo a questa parte io vado soggetto a certi presentimenti spaventosi che piuttosto potrebbero dirsi chiaroveggenze?

Non mi chieda di piú, ho vuotato il sacco e se crede di poter venire a capo della matassa, faccia lei come la prudenza e l'abilità la ispirano, e a tempo debito m'informi. Oggi è sabato, parto oggi stesso col battello per Napoli, sarò di ritorno martedí mattina, o al piú tardi, mercoledí, e se dobbiamo vederci, ad evitare che i miei passi siano spiati e i nostri colloqui subodorati da gente troppo curiosa, vediamoci, ma non qui e tanto meno in casa mia: ricevo, per esempio, un suo telegramma convenzionale, io parto subito da Castelvetrano, e mi trovo all'appuntamento da lei fissato nel telegramma. Mi dimenticavo di dirle che non solo ho creduto opportuno per la mia tattica di non licenziare lo stalliere, ma di mostrarmi con lui piú che indulgente, pigliarlo con le buone e assicurarmene il silenzio promettendogli una regalía coi fiocchi pel giorno in cui la famosa gabbia ricomparirà al poggiuolo, e tanto piú solenne cotesta regalía quanto piú prossima sarà la ricomparsa».

II

Eccolo il dubbio: noi vedremo ancora appesa la gabbia?

Rimasto solo, in fissa meditazione sull'unghia del pollice sinistro com'era sua consuetudine quando un problema difficile lo tormentava, don Pellegrino Gullifà, ricapitolando i punti principali dello strano racconto, cominciava a pentirsi d'essersi fatto bello con l'ingegnere Lascaris di decifrare in quattro e quattr'otto il mistero e d'essere stato troppo corrivo nel promettergli addirittura d'introdurlo nella chiesa abbandonata di Santa Maria in Gloria la prima notte di rappresentazione. A botta calda le difficoltà non si scorgono, la malizia altrui sembra puerile in confronto della propria, mille mezzi d'attacco galoppano nella fantasia, tutti eccellenti, tutti di riuscita sicura, e in buona fede le promesse diluviano, ma il bollore dato giú, appena si tratta d'impostare lo schizzo dell'operazione, non si sa da che parte rifarsi tanti sono gli intoppi, e le baldanze d'un minuto prima si abbattono l'una sull'altra come carte da giuoco.

L'indomani e i giorni seguenti, non riuscendogli per lunghe ore d'ufficio di pensare ad altro, la meditazione sul pollice continuava. Algebra del mestiere: un profano avrebbe detto e per un momento don Pellegrino Gullifà ebbe questa idea: aspettiamo vigilanti e pronti che il noto segnale faccia la sua apparizione; dovremo forse attendere due settimane, tre settimane, un mese, non monta: prima o poi, se lo stalliere non apre bocca, una mattina verrà fuori, e la notte successiva, voi, signor commissario, con una squadriglia dei vostri uomini circondate la chiesa nel massimo silenzio, bussate alla porta in nome della legge, e senza complimenti, usando le brusche se occorre, entrate dentro voi e la vostra sciarpa in tracolla.

Siamo sempre lí: vedremo quel benedetto segnale? per avidità della ricompensa lo stalliere non parlerà con anima viva: può darsi; ma se per una ragione qualsiasi che potremmo anche supporre, un premio maggiore per esempio, ovvero la paura o un istinto di malvagità, egli avesse piú il suo tornaconto a spifferare ogni cosa che a tapparsi la bocca? e se il giochetto della gabbia l'avesse inventato lui o in precedenza gli fosse stato suggerito dal fantino per sviare le indagini?

E dato pure che l'aspettativa semaforica non sia delusa, vogliamo cosí all'orbetto avventurarci in una spedizione notturna, prima d'aver tastato il terreno, prima d'avere attinto qualche ragguaglio, non dirò di certezza, ma almeno di presunzione? il minor rischio sarebbe quello d'un fiasco clamoroso, col danno e le beffe dell'autorità di Pubblica Sicurezza, se ci trovassimo semplicemente in una palestra di cavalieri nottambuli e bontemponi; peggio poi se la mattina dopo i giornali strombettassero a tutta Palermo che siamo cascati nel tranello d'una burla colossale; l'Autorità, in fondo, alle beffe è abituata, le scrolla e sta sempre ferma, ma il Commissario, invece? il Commissario, per un piccolo scappuccio che pigli, non c'è santi, gli tocca far fagotto per Udine o Domodossola e non è la croce di cavaliere che lo salva.

Una burla alla Questura non avrebbe sugo: d'accordo; non si fa dello sport innocente adoperando i cavalli degli altri presi di straforo e corrompendo la servitú, circondandosi di tanto mistero e di tante cautele, spendendo fior di soldi per accapparrarsi il silenzio dei palafrenieri; c'è dunque del losco: ragion di piú per esser guardinghi; siamo al buio: non ci resta che camminare sulla punta delle pantofole; se accendiamo un fiammifero, se uno scricchiolio ci tradisce, guai!

Guai, massimamente perché s'indovina al fiuto che ci si trova a battagliare con gente che oltre aver gli occhi bene aperti, non è dello stampo dei soliti ignoti, gente che naviga nelle sfere alte. Don Pellegrino mio, hai moglie e figli: giuocar di scaltrezza con canaglie matricolate, agguantarle se si può, è la tua professione, ma servir da zampa di gatto per la bella faccia d'un Tizio mai visto ne conosciuto, questo nei tuoi patti col Governo non c'è. In linea di supposizione, mettiamo che questa gente che naviga nelle sfere alte, sia di balla con uno di quei personaggi clandestini che qui a Palermo tengono in saccoccia l'onnipotenza di Dio e fanno baciar lo staffile anche ai tuoi superiori, saresti uomo, tu, cosí valente, cosí fortunato, da riprometterti di non uscirne con la testa rotta? Hai moglie e figli, don Pellegrino mio!

Conferire col Capo, niente: meno lo disturbiamo, meglio è; i suoi lumi ti acciecano, le sue norme direttive son sempre bastoni nelle ruote; spirito eterno di contraddizione, specie con noi siciliani; piemontese o lombardo che sia, non ha capito l'ambiente e non lo capirà mai e non vuol persuadersi che l'Italia è una, va benissimo, siamo tutti italiani, va benissimo, ma la Sicilia è la Sicilia e Palermo è Palermo. Questo si può fare per ora: con molte cautele tener d'occhio il mozzo di stalla dell'ingegnere Lascaris, pedinarlo, stabilir bene chi sia, donde venga, con chi bazzichi, come trascorra il tempo che gli rimane libero; e anche questo possiamo tentare: informarci, alla larga, circa la chiesa di Santa Maria in Gloria, a chi attualmente appartenga, e se ora non è piú magazzino di legname com'era una volta, quale uso ne faccia il proprietario o a chi l'abbia data in affitto, e se l'abbia data in affitto di sua iniziativa, oppure perché la proposta d'un offerente a condizioni magnifiche gli è piovuta dal mondo della luna. Rimane la gabbia: mettere adesso di sentinella ai Quattro Canti di Campagna un piantone travestito per invigilare chi l'alza e chi l'abbassa dalla strada o dalla finestra superiore, sarebbe lo stesso che appiccare sul muro un manifesto stampato con la diffida ufficiale a quei signori di mutar subito semaforo e alfabeto; il giorno invece che la vedremo, dieci ducati di multa se non siamo a cavallo: piano piano, durante la notte, un buon servizio d'appostamento, e il mattacchione che si accosterà per portarla via, avesse una maschera di ferro, i connotati dovrà lasciarseli prendere. Nel frattempo, siccome pare da un telegramma che l'ingegnere debba prolungare a Napoli la sua permanenza molto piú di quanto aveva preveduto, passerà dell'acqua sotto i ponti; se egli un giorno o l'altro si ricorderà di tornare alla carica, il nostro formulario è sempre quello e sempre esauriente: l'autorità indaga.

Non diceva bugia, perché sul suo protocollo giornaliero don Pellegrino si affrettò a inscrivere la «pratica Lascaris» in attesa di registrare man mano i risultati delle indagini che si proponeva di far eseguire da un suo fido armigero, volpe vecchia e prudente, prudentissima sovratutto. Tanto per cominciare ad annerir la pagina, corredò l'intestazione d'alcune notizie biografiche, racimolate in parte tra i suoi colleghi d'ufficio o attinte dal cosidetto Repertorio volante, i cui paragrafi le Questure si trasmettono a seconda dei casi, in parte qua e là, tra amici suoi e conoscenti, soci del Casino Gerace, piú o meno assidui frequentatori di salotti.

Senonché molto magre erano le notizie della Questura: «Lascaris Alessio Teodoro di Costantino e di Triandaphillidis Elena (sudditi greci) nato a Livorno nel 1870, nel 1888 a Livorno condannato per ribellione e oltraggi agli agenti della forza pubblica durante una dimostrazione di carattere anarchico, amnistiato, studente a Zurigo e poi a Liegi, reduce in Italia nel 1905, rappresentante a Palermo d'una Società mineraria inglese» nel mentre i discorsi del giorno e della notte fornivano ragguagli assai piú diffusi e magniloquenti, appioppando all'ingegnere il titolo di duca titolo che egli, del resto, non si attribuiva sui biglietti di visita, ma che tollerava volentieri e lasciava usufruire largamente da sua moglie facendolo discendere in linea retta, e forse primogenita, da una dinastia degli Imperatori d'Oriente, esaltandone il talento, gli studi, l'uso di mondo, la facilità prodigiosa delle lingue acquistata nei suoi viaggi attraverso i continenti d'ogni clima e d'ogni colore; e si narravano le eroiche avventure delle sue cospirazioni giovanili ad abbattere le tirannie, e le aspre lotte sotto il sole dell'Africa meridionale per la conquista d'una sterlina, e come un eroe le dame l'avevano accolto nel loro olimpo, e i veri duchi, quasi a dargli la patente di fratellanza araldica, celebravano a gara le impareggiabili grazie e gli occhi azzurri della «duchessa».

Tutte esaltazioni, tranne l'ultima, dovute a quella raffica di capriccio collettivo per lo straniero, cosí frequente nei salotti indigeni. L'ultima no: esaltazione legittima e meritata, sinceramente spontanea. Le bionde trionfarono sempre in Sicilia e la duchessa Lascaris chiamiamola pure noi duchessa, senza ironia di virgolette, ossequenti a un nome scritto nella porpora bizantina di Nicea non soltanto trionfava come bellissima tra le bionde, ma come una di quelle creature, figlie d'un miracolo, che passano sulla terra e non la sfiorano e che la terra contempla nel miracolo della loro virtú. Donde scaturisse la leggenda e in qual modo si fosse formata, niuno saprebbe dirlo: certe riputazioni entrano di scatto nell'opinione e se ne impossessano, protette dall'egida del consenso universale, e guai a chi si attenti graffiarne un preteso neo coll'unghia del dito mignolo; cosí i piú maligni e i piú temerari, le piú invidiose e le piú viperee non avrebbero osato mai d'arrischiare contro l'invitata nei loro cenacoli un frizzo o una sillaba, né quell'occhiata né quell'attimo di silenzio che rivelano un sospetto. Eppure, nelle sue apparizioni in società, niente che la distinguesse dalle altre dame: forse l'innocenza mistica dei suoi occhi. Di lei e della sua vita altro non si sapeva se non che era di famiglia oriunda scozzese, trasmigrata al Capo, dove l'ingegnere l'aveva conosciuta e fatta sposa piú per reciproco innamoramento che per la dote discreta. «Ahimè! ripeteva stando a cena con gli amici il brioso principe di Mongiardino, spasimante perpetuo e qualche volta fortunato ahimè! non nominatemi piú quella donna... i suoi occhi non sono occhi di buona speranza!»

A proposito, dov'è il Capo di Buona Speranza? Don Pellegrino Gullifà, le cui nozioni geografiche non l'assistevano neppure in nebbia di reminiscenza e a sfogliar l'Atlante non ci si raccapezzava, ne richiese un alunno che faceva con lui tirocinio, il giorno stesso che lungo il viale della Libertà, nella fila di legni reduci dalla Favorita, essendosi fatto indicare la duchessa Lascaris, una doppia sorpresa l'aveva colpito: prima, quella di riconoscere nella duchessa l'amazzone mattutina, con la quale, sempre sola, piú volte s'era imbattuto per le strade di campagna, e anzi una volta nell'oratorio suburbano delle Sette Spade, verso Fumara, le aveva servito alla meno peggio da mezzo interprete per l'acquisto d'una pianeta antica di damasco rosso; seconda, quella di veder cocchiere della duchessa il piú bel diamante sfaccettato che la Mafia possedesse a Palermo, cicerone, mediatore, anche cocchiere in livrea per ricoverarsi all'ombra d'uno stemma patronale e sotto l'apparenza d'un mestiere da galantuomo, ma in realtà famoso maneggiatore d'affari segreti di qualunque risma. E don Pellegrino cadde dalle nuvole quando s'intese rispondere che il Capo di Buona Speranza si trova in Africa. In Africa!? dunque non lontano dalla nostra Colonia Eritrea, dal Benadir, dal Marocco? (Di Tripolitania non si discorreva ancora). Ma se son tutti negri come l'inchiostro in quei paesi del diavolo! non sapeva capacitarsi all'idea d'una donna, d'una signora africana che fosse bianca di pelle, piú bianca d'una tazza di crema, e avesse bionda la capigliatura e gli occhi cilestri. E il bravo alunno a spiegargli con sussiego che l'Africa è immensa regione, con infinite varietà di tinte e di sfumature, a seconda delle razze, nel colorito dei suoi abitanti: figuratevi che essa sia una specie di Sicilia, però molto piú grande: Messina, per esempio, che guarda lo stretto, potrebbe paragonarsi a Massaua sul Mar Rosso, avete capito? il Capo di Buona Speranza che è sotto il dominio dell'Inghilterra, sarebbe invece dalla parte opposta, distante, chi lo sa? io non lo so, forse tre o quattromila chilometri, press'a poco, figuratevi, sulla punta di Marsala. Avete capito?

Non troppo: si rassegnava alla geografia con un atto di fede. Senonché, azzeccato il suo uomo nel cocchiere della duchessa, quand'ebbe appreso che si chiamava duchessa Lascaris quella bella signora forestiera, la cui imagine gli sorrideva come una lontana reminiscenza, un sogno d'una vita anteriore, ecco l'anima sua di don Pellegrino, invasa tutta da una nuova energia piú forte d'ogni titubanza, vincitrice d'ogni paura. Sul momento, quello che avrebbe fatto non sapeva, le idee gli si aggrovigliavano in testa come un viluppo di ginepri selvatici, ma non per niente egli si stimava il piú abile e il piú destro funzionario tra quanti ne annoverasse la polizia italiana; in cento occasioni, secondo lui, avea dato prova di saper uscire con onore dai piú intricati laberinti, e anche questa volta, a tamburo battente, la buona ispirazione non l'avrebbe lasciato in asso. Finché eravamo nel desiderio d'appagare per gentilezza nostra e per puro favore una curiosità abbastanza giustificata, nessun male, se c'era del filo da torcere non senza qualche rischio, tirare alla lunga con diplomazia, ma ora, che diamine! ora dobbiamo afferrare i minuti; il primo lumicino è apparso come una rivelazione di Dio, siamo a tu per tu con un manigoldo che si è introdotto nella casa d'una gentildonna straniera evidentemente con la volpe e la biscia sotto il tabarro per un'impresa delle sue, ed è da questa donna che bisogna fare in tempo a stornare il pericolo. Pericolo c'è, non sappiamo quale, ma c'è. Intanto, che sia lui, l'amico don Nicola Cardamomo detto Cocò, il gran faccendiere di questa curiosa faccenda dei cavalli, cosí fossimo sicuri d'imbroccare un terno! la gabbia? ma se davvero comparisce e sparisce questa gabbia del diavolo, è lui che l'ha imaginata; il fantino? ma che fantino d'Egitto! vogliamo buscarci l'itterizia a cercarlo col lampione per tutta Palermo, il fantino, e a non rintracciarne neppur la bulletta d'uno stivale, quand'abbiamo già sottomano don Cocò?

E poi si sente l'odore: una macchina montata ad uso dei forestieri. Da anni don Cocò, non traffica altro genere, i forestieri sono la sua specialità con brevetto; sugli alberghi e nei villini da ottobre a marzo ne piovono di tutte le rísme; gente denarosa, però di tutte le rísme; dove l'ha imparato l'inglese? non si sa; col suo inglese, ai gentiluomini veri, alle oneste signore offre servizi da persona che si rispetta, agli altri, altri servizi, e in fin di stagione li ha messi tutti nel sacco; bene: tempo otto giorni, don Cocò, e vi garantisco io l'improvvisata d'un servizietto, come non vi siete sognato mai.

Avrebbe torto chi si stupisse di tanto subitaneo fervore nel temporeggiante don Pellegrino dopo le incertezze della vigilia. Ecco il divampare d'un vulcano che si credeva ormai spento, osserva un maligno critico. E perché no? gli autunni precipitano, succede all'età del giudizio non sempre in orario, quella dei rimpianti o dei rimorsi, diventato grigio e padre di famiglia, il bersagliere Turiddu affonda nella prosa, altre gatte ha da pelare che le Santuzze e le Lole e accende i moccoli a sant'Antonio, eppure vien quel minuto che gli balena a tradimento un lampo d'estro poetico e gli torna all'orecchio lo squillo dell'antica fanfara in lontananza. Centomila donne passarono sulla sua strada e non le ha viste, una ne passa, ignota, senza guardarlo e gli intenerisce il cuore, vorrebbe baciare il terreno dove ha posato i piedi, e sapendola in pericolo si ripromette di salvarla a costo della vita. Ma Turiddu se è rimasto ignorante, non è imbecille né rimbambito, possiede uno specchio e la virtú di specchiarsi, non insegue mantiglie, non insidia talami; se ha preso fuoco, le sue fiamme son puramente cavalleresche, quasi mistiche; Turiddu ha del sangue spagnuolo nelle vene: non potendo piú combattere per la conquista, combatte da dilettante per la chimera.

III

In massima, piú che si può, nelle operazioni delicate il buon funzionario di polizia deve lavorare da solo. Riconoscere i luoghi è il primo atto dell'operazione: guidando egli stesso un biroccino da campagna, di pieno giorno, al piccolo trotto, l'esperto Commissario se ne andò ai Porrazzi, dove proprio dinanzi all'ufficio di sezione volle a bella posta conferire col Delegato per far credere che fosse quella la sua meta, proseguí verso Nistri, passò senza fermarsi lungo il fianco della chiesa di Santa Maria in Gloria, un tempo dei Cavalieri d'Aragona; senza fermarsi, ma rallentando in guisa da fissar bene la località, osservare i finestroni sbarrati dietro i vetri da ermetiche cortine di legno, e specialmente le tre porte d'accesso, quella grande in facciata, un'altra laterale, e accosto all'abside, dissimulata nell'angolo del muro con la sporgenza del campanile, una rozza porticina minuscola, che tanto poteva essere del campanile come della sacristia. Voltò a destra imboccando un sentiero tra le ville, raggiunse la Rocca, tornò in città per la strada di Monreale.

A notte fonda eccolo di nuovo sul posto. Una notte da lupi e da ladri, con vento e pioggia, fredda, scurissima, eccellente. Quella porticina gli ha dato nell'occhio: mette alla sacristia? e dalla sacristia in chiesa il passo è breve; piú probabilmente si apre sulla scaletta che conduce in cima, al chiostrino delle campane? e secondo l'uso deve esistere a livello del cornicione un'apertura interna, che dava adito lassú agli scaccini per gli addobbi e le luminarie. Eccolo nell'oscurità palpare a tentoni il catenaccio irrugginito, travagliarsi le mani con certi suoi ordigni infallibili e sudar sangue sotto un rovescio d'acqua. Mannaggia la serratura e il bisnonno di Noè che l'ha fabbricata! tanto ci vuole a torcerle i denti? Infine il boncinello salta fuori dalla toppa. Laus Deo! Non rimane che tirar la stanga, un'altra fatica d'Ercole, chiavata com'è negli anelli da una ruggine barbina di cent'anni, a dir poco. Laus Deo! E ora, una spinta, una seconda piú vigorosa, e l'uscio cede.

Dove siamo? dopo qualche peripezia di scaramuccia coi fiammiferi umidi, l'occhio della lanterna, volto di qua e di là tutt'attorno, non rischiara che uno stambugio e i primi gradini d'una scaletta a chiocciola: o salire o tornar fuori: per quanti assaggi si vogliano tentare d'un passo in chiesa tastando e picchiando il muro, altra via d'uscita non c'è. Saliamo dunque in paradiso. Attenti ai brutti passi: gradini alti spropositati, e il peggio, monchi quasi tutti, traballanti sotto i piedi. Arrampica e gira, arrampica e gira, la scaletta s'interrompe, tanto almeno da riprender fiato, e sul pianerottolo nuova esplorazione, e dentro un'incavatura nel muro formante nicchia una grande ogiva, la quale prospetta senza dubbio l'interno della navata, si spalanca sopra un abisso di tenebre.

Affacciarsi, e pur non illudendosi di scrutare l'abisso col raggio estenuato d'una lanterna, veder sotto di sé le tenebre che corrono e si accavallano furibonde come onde di mare aizzate dal vento! affacciarsi, e nella profondità paurosa del buio in tempesta ascoltare un clamore, un crescente clamore di voci e di nitriti e di galoppi, il clamore come d'una turba che ulula e urla, incitando frenetica dei cavalli in fuga! Giuochi di fantasia, allucinazioni suggestionate dal momento e dal luogo, ma ce n'è abbastanza per non aver piú altro coraggio se non quello d'arrischiare l'osso del collo per scendere piú presto la scaletta e trovarsi all'aperto.

Brutti giuochi di fantasia, allucinazioni spaventose e crudeli, la cui impressione si sente alla bocca dello stomaco, piú crudele d'una morsa di ferro, man mano che cessata l'imminenza dell'incubo, il pensiero si tortura nel richiamarlo, nel carezzarlo quasi, e ne raddoppia l'angoscia. Gullifà tuttavia, anche ventiquattr'ore dopo, sebbene un po' rinfrancato dal suo primo smarrimento, l'inganno dei sensi non lo sospettava, altrettanto persuaso d'aver visto realmente e d'avere udito, quanto che la chiesa dei Cavalieri fosse infestata da diavoli o spiriti o anime dannate. Si batteva la fronte: cinquanta metri sottoterra avrebbe voluto nascondersi per la vergogna d'essersi lasciato pigliare dalla paura lui, dalla paura! ma come mai, come mai, prima d'avventurarsi con la testa nel sacco, solo, a mezzanotte, in una ricognizione di quella specie, non pensare a premunirsi con lo scapolare di santa Brigida, potentissima contro tutte le arti diaboliche? e non venirgli in mente che nelle catacombe della chiesa erano sepolti a centinaia gli antichi Cavalieri d'Aragona? Cosí, tra la viltà dell'istinto superstizioso e l'ira per la sua viltà, nel compiacersi d'avere scoperto quel posto d'osservazione che rispondeva ai suoi calcoli e ai suoi progetti, l'idea di giovarsene una notte o l'altra lo faceva rabbrividire. Volle svagarsi in differenti pratiche d'ufficio: tempo perso, giornatacce negre per lui, tremende per chi l'accostava: un istrice! al Politeama Garibaldi, durante un comizio di scioperanti e relativo tafferuglio, delegati e marescialli sanno essi la gragnuola di rabbuffi e sanno le guardie gli scapaccioni che si buscarono.

Il sangue gli scese tutto negli stivali una mattina che sul poggiuolo dei Quattro Canti vide la gabbia, col suo bel canarino saltellante, appesa alla ringhiera. Se l'aspettava, fin dall'alba un presentimento l'aveva agguantato al cuore, uno di quei presentimenti matematici che non fallano, pure, come se la testa mozza d'un celeberrimo brigante da lui ucciso anni prima in uno scontro corpo a corpo, gli fosse subitamente apparsa, rimase immobile in mezzo alla strada, con gli occhi sbarrati e fissi verso il temuto segno convenzionale. E quante volte nel giorno sia tornato ad accertarne la presenza e quante volte abbia mutato proposito, ora di vincere ogni ripugnanza e da fedele sentinella non disertare il suo posto, ora invece d'appiattarsi al caldo sotto le lenzuola, non domandiamolo a lui che non lo sa, e rammenta soltanto come volasse rapida la giornata e si trascinasse interminabile in quel fiotto d'alternative, e approssimandosi il momento, assai piú che dalla paura dei fantasmi si sentisse invaso dal terrore buio di ciò che i vivi gli apparecchiavano. Non sa, non sa quante volte, per finirla con un colpo di testa, fu sul punto di farsi condurre per la cravatta don Nicola Cardamomo da due angeli custodi, metterlo alle strette coi migliori argomenti del repertorio, e se teneva duro, farlo cantare a suon di nerbo. In ultimo, circa le ventitré, licenziata la vettura già pronta alla porta, mandato a spasso il suo piú fido aiutante che doveva accompagnarlo, non volle nemmeno disporre il servizio di vigilanza ai Quattro Canti per scoprire chi fosse venuto ad ammainare la maledetta gabbia, tanto era fermamente deciso di bruciare i suoi vascelli e non combattere piú.

Ma la risoluzione eroica venne ancora! venne, perché il buon sangue non si smentisce, o piuttosto perché la volgare forza irresistibile è tra le intermittenze del libero arbitrio la piú misteriosa? Affrettando il passo nella notturna solitudine della campagna, non era uomo Pellegrino Gullifà da rendersi conto se lo moveva audacia volontaria o rassegnazione forzata, né da sottilizzare nel tumulto dei pensieri che l'agitavano se quello d'abbattersi faccia a faccia contro un ostacolo insormontabile, era di timore o di speranza: per esempio, essere riconosciuto e fermato da qualche cagnotto in vedetta, oppure la porticina, della quale forse, fuggendo, non aveva rimesso la stanga, trovarla resistente ad ogni tentativo d'aprirla. Tutto andò liscio; unico incidente, il passaggio d'alcune vetture automobili che a fanali spenti, filando verso i Porrazzi, venivano di certo da Santa Maria per tornar piú tardi a riprendere i loro padroni, e l'incontro con parecchie ombre girovaghe, al cui accerchiamento sarebbe stato assai difficile sfuggire pure usando la piú cauta scaltrezza, se quella notte la luna, invece di tenersi nascosta nella bambagia, si fosse fatta scrupolo d'ottemperare alle indicazioni dell'almanacco.

Tutto andò liscio come olio. Via via che stava salendo la scaletta a chiocciola, don Pellegrino vedeva battere sulla spirale del muro un riflesso di barlume e via via farsi piú intenso e piú chiaro, finché, sul pianerottolo, gli si aprí davanti l'ogiva nel fondo della nicchia, in una luce discreta. Non si affacciò: piú del ribrezzo che gli serpeggiava nelle ossa lo trattennero il timore e la vergogna d'esporsi improvvisamente dalla sua tribuna agli sguardi dei sottostanti; chi erano costoro? ne udiva il bisbiglio come un ronzio nebulato di mistero; superò carponi il breve tratto d'impalcatura scricchiolante, rifugiandosi nell'angolo tra il davanzale e la parete, donde, in ginocchio e senza esser visto, dominava di sbieco l'abside e porzione della navata.

Stretto alla gola da un sentore acre di fiori languenti e di cera che consumava, prima impressione per don Pellegrino fu quella d'assistere a un mortorio, di cui tra poco si sarebbe celebrato il rito solenne. Ad ogni pilastro fiammeggiava una torcia, ma la navata, col pavimento coperto d'uno strato giallo di segatura, era sgombra interamente: l'assemblea dei convenuti si agglomerava tutta al di là della balaustra, nel sancta sanctorum che piú frequenti torcie illuminavano a gran bagliore come una scena di teatro e dove nel mezzo ardeva fumante al posto dell'altare un enorme braciere e i gradini erano sparsi a profusione di camelie bianche recise, sopra un tappeto scarlatto.

Non poteva dirsi folla l'assemblea, ma era numerosa abbastanza, tanto da riempire i due larghi spazi a destra e a sinistra dei gradini. Da che mondo era piovuta quella gente? uomini e donne alla rinfusa: macchiette d'uomini strani, dalle faccie rase, senza età apparente, figure di donne ancora piú strane, segaligne o formose, ridicole o lusingatrici nello sfoggio degli abiti e dei colori, si alternavano con adolescenti e con giovinette, con mostri di decrepitezza quasi esausti e quasi sdraiati in abbandono su certi cuscini provvidenziali; comparivano e sparivano tra i gruppi, come avessero addosso l'argento vivo dell'irrequietudine, altre figure maschili e muliebri, gli uni ermeticamente ammantellati, le altre imbacuccate fino agli occhi nelle pelliccie, tutti a piedi nudi, senza nemmeno la protezione dei sandali. Manicomio forestiero, pensava don Pellegrino aguzzando lo sguardo e agitandosi in una febbre paurosa d'aspettativa, e alcuna di quelle faccie gli pareva e non gli pareva d'averla già intravista piú d'una volta.

Quand'egli, ultimamente, confidò in parte l'avventura a un dotto figlio di san Domenico suo mezzo parente e antico protettore, e gli descrisse lo svolgersi successivo dello spettacolo, il frate sulle prime, non ostante tutta la sua erudizione e pur comprendendo trattarsi d'una cerimonia satanica e abbominevole, non sapeva a quale speciale culto attribuirla, se indiano, caldaico, egiziano, oppure ebionita, manicheo, albigese, palladista, o luciferiano. Diffatti nessuna effigie o simbolo di divinità al disopra del braciere ardente, nessun emblema caratteristico d'un rito particolare, nessuno che fungesse da sacerdote; non invocazioni di preghiera, non canti né musiche, salvo da parte della folla qualche scoppio di grida isteriche e la cadenza martellata d'un tamburello, spezzata a intervalli da un lungo trillo femminile, acutissimo, gorgheggiante; nient'altro che una sequenza di figurazioni mimiche e convulsionarie, tormentosamente elaborate sui gradini da cinque giovinette, poi da tre, poi da una sola. Chi erano? donde venivano? ballerine di teatro, non certo: creature maldestre, deboli creature, che storcevano il loro corpo in geroglifici ora d'impudicizia ora di sortilegio, e con la bava alla bocca, gli occhi stralunati, finivano ad una ad una per rovesciarsi come morte, cacciando un urlo. Vedi figliuolo? tanti schiarimenti non occorrono: le solite danze che risalgono alle pratiche dell'occultismo piú remoto, lussurie, incantesimi, assalti d'epilessia, ce n'è d'avanzo perché l'opera del demonio sia manifesta; se non sappiamo darle un titolo a cotesta tua congrega, nella quale all'imperizia delle danzatrici e al ludibrio della loro povera carne si accoppiava il fascino e il terrore dell'invisibile e i loro gesti facevano correre negli astanti e in te medesimo brividi di peccato, possiamo affermare che per imporsi all'adorazione è sempre lui che si rivela, in tutti i tempi e in tutti i paesi, Belial, il serpente, oggi qui da noi, come all'inizio del mondo nel paradiso terrestre.

Ma quando Gullifà ebbe appena cominciato a narrargli la scena finale, d'improvviso il domenicano si illuminò, come sotto il baleno d'un lampo. L'enigma era sciolto. Balzò da sedere, e interrotto il racconto, senza molte ricerche, trasse dagli scaffali un volume antico legato in cartapecora, a voce alta sillabandone il frontispizio con certa solennità, per quanto le orecchie del suo uditore egli potesse ritenere foderate contro il latino a prova di bomba: Speculum triumphale seu adversus daemonia nocturna et meridiana ex sacris necnon profanis scriptoribus analecta restituta, D. Francisco Vanderlinden Cathedralis Ecclesiae Namurciensis Archidiacono satagente; Amsterlodami 1618.

Un pulviscolo dell'immensa mole di scartafacci sull'arte magica che ingombrano le biblioteche e pure qualche volta offrono ai dilettanti curiose notizie inaspettate. Riferisce l'arcidiacono fiammingo al capo IV «de negotiis perambulantibus in tenebris» un frammento di sant'Epifanio relativo a una setta samaritana, istituita forse da Dositeo o da Simon Mago, che fin dal primo secolo dopo G. C. professava il culto d'Erodiade, questa anteponendo alla Beata Vergine con empia adorazione e che già nel terzo secolo si era estesa in tutto l'Oriente ed anche a Roma, secondo una lettera al presbitero Ippolito di Papa Calisto. Ciò in via di proemio; quindi l'autore sulla scorta d'alcuni frammenti gnostici salvati dalla dispersione dei vangeli apocrifi di Basilide e di Cerinto, asserisce con la piú placida sicurezza che subito dopo aver per vendetta fatto cadere il capo del Battista e averne gradito la sanguinosa offerta in un piatto dalle mani della figliuola, la scelleratissima delle donne scomparve, rapita da un turbine di fuoco; ne è meno tranquillo nell'unirsi a Diodoro d'Antiochia per affermarla tuttora vivente, destinata a non perire fino al giorno in cui dal suo commercio col diavolo darà alla luce l'Anticristo. Le tradizioni copte, siriache, greche d'un'Erodiade volibonda sulla faccia della terra per preparare le vie al regno d'iniquità, passano il mare, si propagano in Occidente; accolte con devozione tra i fedeli, non respinte dalle assemblee dei capitoli, discusse benignamente nei commentari scritturali, amplificate dalla fantasia dei poeti; diventano piú terrificanti man mano che i barbari si accostano o che esse penetrano nelle regioni dei barbari. Quella che sarà domani la leggenda medievale germanica comincia sotto i Merovingi ad alterare le sue linee primitive per opera di Fredegario, poscia dei monaci di Bangor in Britannia e di San Gallo nella Rezia, che ne compongono sequenze e responsori brevi da inserirsi nei loro Antifonari e quando piú tardi Agobardo la declama alle veglie della corte di Carlomagno in versi esametri orrendi, assume addirittura una forma gotica nello spogliarsi d'ogni vestigio latino sulla bocca del popolo. Ed ecco che non si parla piú d'Anticristo, Erodiade ha mutato nome, si chiama Faraide e non è che uno spettro, inseguita dal rimorso; di tempo in tempo, durante la notte, le foreste tremano al suo passaggio, anche le streghe e i folletti ne hanno paura e si nascondono dietro le quercie, mentr'ella fugge, a cavallo, in un galoppo precipitoso, fugge al nord, vestita di porpora e decapitata, e la testa mozza che pende pei capelli all'arcione, è la sua propria testa, urlante nelle tenebre. Ma l'antico sacrilegio samaritano dei suoi adoratori si è perpetuato, tenace; non valsero ad estirparlo il corso dei secoli né i fulmini della Chiesa e l'arcidiacono Vanderlinden, sull'autorità d'un monitum del vescovo d'Utrecht, ne discorre come di pratica purtroppo ancora viva ai suoi tempi: «guai a voi, uomini e donne, che rinnegando il sangue di Cristo Redentore e l'acqua del vostro battesimo, vi radunate in notturne congreghe dove il demonio presiede sotto la figura della nefanda concubina d'Erode, e invasi dal delirio di ribellione e di lussuria, inforcate i cavalli addestrati alla magia, illudendovi per arte satanica di superare immani distanze in brevissimo spazio di tempo e di luogo, perseguendo un fantasma che non può condurvi se non all'abisso dell'eterno pianto con stridore eterno di denti!»

Che il frate domenicano avesse imbroccato nel segno, non toccava a don Pellegrino pronunciarsi per tante ragioni, fra le altre che non aveva capito nulla, ma don Pellegrino poteva giurare sul vangelo che se il diavolo non gli era comparso davanti con tutto l'apparato che gli spetta secondo il protocollo delle cerimonie infernali, si era sentito anima e corpo trascinato in sua balía.

Santa Rosalia benedetta, perché non l'avete liberato dalle tentazioni e non gli avete coperto gli occhi col vostro manto, allorché furono condotti dinanzi alla balaustra cinque o sei cavalli che nitrivano e s'impennavano come bestie selvaggie, e in un attimo, caduti i mantelli e le pelliccie, vide cinque o sei corpi irrompere nella navata, balzare in groppa, senza sella, e uno dietro l'altro slanciarsi a briglia sciolta sulla pista? come in un circo equestre? perché, santa Barbara e san Vincenzo Ferreri, non avete impedito che un fulmine gli trapassasse il cuore nel riconoscere tra le amazzoni la duchessa Lascaris? Forse non era lei. Si era ingannato, non poteva esser lei! ma nei rapidi giri tutt'attorno la chiesa ogni sforzo di rintracciare un istante colei che le somigliava era divenuto impossibile.

Hop! hop! hop! chioccano le fruste, gridano tutti. Dal galoppo la corsa si tramuta in gran carriera: è una vertigine di fuga. Hop! hop! le cavalcatrici s'inseguono, passano, ritornano, passano ancora in un lampo, i capelli sciolti, ondeggianti all'aria, le braccia larghe, abbandonate le redini. Un clamore d'anime dannate. Tutti gridano, cavalcatrici ed astanti. Tutti in piedi gli astanti, rovesciate le sedie, abbattuti i candelabri, tutti frenetici, vogliono vedere, si pigiano, si accaniscono tra loro nella furia di veder meglio, si spingono quasi sotto le zampe dei cavalli. E don Pellegrino, pure lui, alla vista di quei corpi umani portati via dal turbine, fatto ubbriaco dalle voci, pure lui ha smarrito l'intelletto e non sente che gli istinti della bestia: non ha piú timore d'essere veduto né udito, si sporge dal finestrino agitando le braccia nel vuoto e battendo le mani, acclama ed urla insieme con la folla sottostante, pure lui ossesso in quella tregenda d'ossessi.

Furono due le riprese: egli ignora se con le medesime centauresse o con altre. Nel breve armistizio, voltandosi, scorse immobile accanto a sé don Nicola Cardamomo che lo fissava. Non si parlarono: l'incrocio degli sguardi bastò, l'occhiata siciliana di due uomini che si scrutano a vicenda fino al fondo dell'anima, si capiscono, e stringono un patto d'alleanza.

IV

Da quella notte lo spirito di Pitone lo invase; dall'alba al tramonto, dal tramonto all'alba, nella veglia e nel sonno non gli diede piú pace né tregua con la perpetua visione della cavalcata e il desiderio feroce d'assistervi ancora, stimolandone crudelmente i nervi e l'imaginazione con l'ignominia di quella donna insospettabile che pareva piú bianca d'ogni terrestre bianchezza! Rivederla! rivederla a costo della famiglia, a costo della vita e della salvazione dell'anima! gemeva il torturato, fatto vile e perverso dal demonio che lo possedeva; e anche non dormendo, i suoi sogni lo trascinavano vertiginosi in groppa con la mala femmina, tanto piú bramata quanto piú fugace era stata l'apparizione e piú terribile lo sgomento d'averne conosciuto l'infamia.

Vile e perverso. Scusarlo? Come il giogo di Nostro Signore non s'impone se non a chi lo domanda, cosí le catene dell'avversario non avvinghiano che schiavi di buona volontà. Scusatelo: ma l'uggia crescente per la famiglia e il distacco dalla casa, dove non metteva piede che per sfogarsi in escandescenze di collera bestiale? e i consulti delle fattucchiere perché gli tirassero dalle carte l'oroscopo favorevole? e il pretendere che gli amuleti sullo stomaco e le giaculatorie a tutti i santi gli ottenessero misericordia, nel mentre giungeva a macchinare un tranello di sangue che liberasse la donna dai sospetti e dalle indagini del marito?

Onesto nel mantenere il patto di solidarietà con don Nicola, questo sí: e non soltanto perché rompendolo sarebbe svanito l'incantesimo della sua follia ed egli voleva esser folle; non soltanto per gratitudine verso l'uomo che invece di salir lassú ad affrontarlo, avrebbe potuto, senza nemmeno il fastidio di sporcarsi le mani, chiuderlo come un sorcio in trappola e chi s'è visto s'è visto, parce sepulto, ma altresí per quel punto d'onore che nel catechismo dei galantuomini è il primo comandamento. Data una parola, promesso il segreto, caschi il mondo: furfanti, ma galantuomini! Che in quei giorni sia avvenuto tra di loro un colloquio clandestino di ratifica, non lo so: possiamo supporlo, tanto imperiosi erano gli argomenti sul tappeto, massimamente la fedeltà del mozzo di stalla e le troppo visibili irrequietudini dell'ingegnere Lascaris da far temere un colpo di testa e per lui e per tutti una brutta sorpresa; del resto, sicuri l'uno dell'altro, ognuno lavorava con destrezza per conto suo, Gullifà a imbambolire il greco mediante l'eterno arzigogolo del filo che la Polizia è quasi certa d'aver nelle mani purché l'imprudenza d'una sillaba non lo spezzi, don Cocò a vigilare il ragazzo e non solamente il ragazzo. Intanto una mattina ricomparve la gabbia al poggiuolo.

Se non fosse materia assai piú di tristezza che di ilarità, le similitudini grottesche verrebbero a stormi per dipingere la faccia di don Pellegrino e la sua mortificazione, quando a notte fonda, giunto trafelato alla chiesa dei Cavalieri, la trovò deserta, nel silenzio e nel buio. Sapeva d'essere in ritardo: con la febbre addosso che lo bruciava vivo, gli era toccato per turno di servizio far da aiutante di campo al Questore e accompagnarlo alla stazione a ricevere S.E. il Ministro degli interni, che proprio quella sera, a sceglierla apposta, arrivava da Catania coll'ultimo treno. Dunque, un'ora di ritardo, mettiamo un'ora e mezza, ma per l'anima di Giuda! come l'altra volta, prima del tocco non potevano aver cominciato, e alle due, alle due meno otto minuti, erano già tutti spariti? neanche il tempo materiale di smorzare i lumi. E i cavalli? e gli automobili? spariti per aria, in un soffio? il segnale, non una volta, dieci volte l'aveva veduto coi suoi occhi, passando e ripassando sotto il poggiuolo, tornando a ore diverse fino all'accensione della luce elettrica: una burla di don Cocò? un inganno? un tradimento, corpo santissimo!? Ma in quel luogo, in quella solitudine nera, le bestemmie gli gelavano sulle labbra, come gli sapeva d'ostico il mezzo sigaro che stritolava fra i denti.

Appena l'alba, rintanatosi in ufficio che pareva l'imagine del cane di San Rocco, un impeto repentino lo fece scattare tant'alto: finiamola! e buttò in acqua la sua zavorra di prudenza, lí per lí sul tamburo, per non aver tempo a pentirsi: don Nicola Cardamomo non c'era brigadiere né maresciallo a Palermo che non lo conoscesse; don Cocò; bene: o presso l'ingegnere Lascaris all'Olivuzza o nella sua abitazione in via dei Cinturinari o a casa del diavolo, scovarlo subito, e con le buone o le brusche, vivo o morto, portarglielo davanti, subito!

Un'ora dopo:

Don Cocò, nessuno qui ci sente; carte in tavola: che è successo?

La richiesta non ammetteva preamboli, dalla faccia di marmo dell'interrogato, rasa e giallastra, non traspariva indizio di timore, né meraviglia né sdegno; se egli tardò un istante a rispondere, furono pronti gli occhi a raccogliere in un guizzo tutta l'espressione di sincerità fedele che potesse rassicurare il suo complice.

Don Cocò s'assettasse.

Che era successo? questo era successo: che loro due, Gullifà Pellegrino e Cardamomo Nicola, si vantavano d'essere volpi vecchie e invece erano due oche; lui, Cardamomo, sapeva che sotto i colpi di staffile e schiaffi e calci senza compassione d'un povero picciuotto il segreto era stato rivelato, lo sapeva, e come niente fosse aveva messo fuori l'avviso, anche perché quei signori diventavano frenetici; pazienza la prima volta, l'uomo era a Napoli, e piú tardi si sarebbe provvisto; ma la seconda!? non pensare che da Palermo a Castelvetrano c'è il telegrafo e da Castelvetrano a Palermo in poche ore ci si arriva? Don Pellegrino poi, con tutto il suo talento e il suo uso di mondo, nel cuore d'un marito non aveva saputo leggere, si era lasciato ingannare da una disinvoltura apparente, aveva creduto con quattro buone parole delle sue, con qualche promessa a mezz'aria d'appendere a un fico tutte le paure e tutti i pericoli.

Don Cocò, veniamo al fatto.

Il fatto è che successe quel che doveva succedere: l'uomo sospettava, lo sappiamo da un pezzo, l'uomo si sentiva dentro il cuore un nido di serpi che lo mordevano e gli avvelenavano il sangue; visto che la Polizia tirava in lungo, non sapeva o non voleva aiutarlo, si aiutò da sé, rivolgendosi semplicemente a un amico che gli telegrafasse d'urgenza non appena avesse notato alla ringhiera di quel tale palazzo una gabbia cosí e cosí. Don Nicola non si lambiccava la fantasia a spiegare altrimenti il ritorno precipitato del padrone, in automobile, a rotta di collo; da Palermo era partito la sera prima, tardissimo: dunque nessun dubbio che il telegrafo nella mattinata avesse battuto l'allarme. No?

Pienamente d'accordo, per quanto le approvazioni sbuffassero d'impazienza.

Novantanove su cento, un altro, nei panni del signor duca, avrebbe avuto l'ispirazione di filar dritto sul posto, attendere i cavalli, spiare le persone che arrivavano, e se il cuore gli diceva, provvisto della sua brava rivoltella, cacciarsi dentro per sotterfugio o per forza. Gli mancò il fegato. Dio sia benedetto. E venne a casa, giunse che non erano ancora suonate le ventitré, e la signora duchessa, già pronta, da capo a piedi nella sua grande pelliccia, stava aspettando l'automobile di miss Fleming per imbarcarsi. Niente di strano aver dato appuntamento a un'amica che venisse a prenderla e l'accompagnasse in una casa o nell'altra ad uno dei tanti ricevimenti; il male fu che don Nicola, presso il cancello del giardino, non fece in tempo ad avvisare miss Fleming com'era stato svelto un poco prima a trattenere Caliban in scuderia, e miss Fleming, arrivando puntuale al villino con diverse dame e signori della confraternita, si mise a chiamar forte dalla strada: Gladys! Gladys! e il signor duca, affacciatosi a una finestra del pianterreno, non disse che queste parole, in inglese: buona sera, miss: ve ne prego, abbiate pazienza d'aspettare un minuto, e se permettete, vengo io pure con voi e con Gladys.

Un'oncia di sangue freddo rimediava subito: ... viceversa, riconoscere all'impensata la voce e credersi tutti mezzi morti, far voltar la macchina e via come il vento, fu un attimo di saetta. Volarono ai Porrazzi a troncar sull'istante gli ultimi apparecchi della funzione e gridare a tutti di svignarsela a rompicollo per non vedersi acciuffati, in trappola dalla Questura? cosí dev'essere, se don Pellegrino non trovò laggiú altro naso all'infuori del suo. Ma lasciamo stare i Porrazzi; frattanto il guaio era nel villino: dopo una fuga matta di quella specie da far nascere i sospetti nell'individuo piú pastafrolla del genere umano, vogliamo figurarci la povera signora duchessa a tu per tu col marito? rispondere, bisognava rispondere, una spiegazione bisognava inventarla, e se egli insisteva e non voleva saperne di capacitarsi? uno dei suoi estri gli fosse venuto in un momento dispari, neanche il Padre eterno l'avrebbe garantito da qualche brutto sproposito. La servitú a letto, porte e finestre sbarrate. Rasente il muro, camminando sulla sabbia in punta di piedi, don Nicola tendeva le orecchie, caso mai avesse udito un grido o una voce. Niente.

Il signor duca uscí dalla porta grande, senza cappello, e fermatosi un poco sulla gradinata a respirare l'aria fredda, si diresse al capannone della scuderia, in lontananza seguito piano piano da don Nicola; entrò, accese la lampadina elettrica imponendo di star fermo al picciuotto che si era svegliato nella sua branda, si accostò a Caliban, palpandolo dolcemente sul collo e facendosi riconoscere dalla voce. Se avesse avuto l'idea d'insellarlo per calmare gli spiriti in una galoppata al fresco della notte, certo si sarebbe servito del ragazzo. E cominciò a parlargli tale quale come si parla a un cristiano quando si tenta di ragionarlo, prima con parole basse e tranquille, poi con furia alzando la voce, poi di nuovo con le buone e con le carezze. Doveva parlare inglese secondo il suo solito, ma don Nicola che l'inglese lo capisce e bene o male s'ingegna a farsi capire, dal posto dov'era appiattato non riusciva ad afferrare in aria che dei mozziconi di sillabe. Ad un tratto gli abbrancò il muso a Caliban, gliel'abbrancò con tutte due le mani e con la violenza d'un pazzo o d'una bestia feroce: tu la sai la verità! gridava, e questa volta don Nicola poté capirlo benissimo; tu sai la verità, Caliban! e il cavallo nitriva, nitriva sollevando e abbassando la testa e squassando la criniera come per dir sí e rispondere che la verità la sapeva! Nel tornare al villino dopo piú d'un'ora, i trenta o quaranta passi da percorrere dovettero al signor duca sembrargli il viaggio di Gerusalemme, tanto barcollava sulle gambe.

In definitiva, un terremoto senza disastri: l'essere venuto il marito a domandare la verità a Caliban, indizio certo che dalla moglie non l'aveva saputa.

Don Cocò, e adesso?

Il meglio sarebbe stato tagliar corto e di sacre cavalcate non parlarne piú fino all'altro inverno, ma di sicuro, cessata la paura effimera della prima sorpresa, quei signori non si sarebbero mai rassegnati all'astinenza e la signora duchessa meno di tutti. Donna di carattere la signora duchessa, incrollabile nelle sue convinzioni religiose, perché queste cerimonie notturne, imparate in Africa o in America che fosse, erano la sua religione e diceva spesso a don Nicola che contenevano grandi misteri simbolici, molto piú grandi di quelli del nostro cattolicismo, e piuttosto di rinunciarvi, cosí fragile com'era da spezzarla in due con un garofano, tutto si sarebbe sentita capace di sacrificare, tutto, anche la vita!

Adesso? don Pellegrino era sulle spine: e cosí? tutti erano sulle spine. Pazienza, prudenza, provvidenza, diceva quel vescovo. Parliamo sottovoce. Nella sua pelle, il signor duca non aveva torto: uomo di carattere, e basta; ma in questo momento, a furia di rodersi l'anima nei sospetti e di voler vigilare, il cervello gli bolliva un po' troppo: l'importante era di provvedere alla sua pace e a quella degli altri. Oggi o domani bisognava bene che ripartisse per le sue miniere di Castelvetrano, ad impedirgli l'improvvisata d'un secondo ritorno piú disastroso del primo questa volta ci si sarebbe pensato in tempo, se non altro mutando immediatamente il segnale, e qualora avesse deciso di non muoversi da Palermo e rinunciare pure all'impiego e rimanere in sentinella a scombussolare il prossimo... se avesse voluto persistere nella sua ostinazione...

   ... ?

...un bicchier d'acqua la mattina, un bicchier d'acqua la sera...

...Don Cocò!? Parliamo sottovoce.

Un fulmine: la duchessa Lascaris è scappata! A botta calda, nei salotti, nei circoli, in tutta Palermo un grido solo di stupore, piú sbigottito che incredulo. Quando è scappata? dove? con chi? non si sa: è scappata.

Maggiori notizie si diffondono, dapprima arruffate nei particolari, contraddittorie nelle cause, poi da un'ora all'altra pare che spunti un bandolo dal viluppo, a poco a poco una versione unica si fa largo e i rari increduli piú caparbi, il principe di Mongiardino fra gli altri, finiscono per piegar la testa. Versione semplice e breve, accolta con benevolenza, e massime dalle dame quasi difesa con un certo zelo d'orgoglio per quella sfumatura sottilmente romanzesca che la purifica dalla volgarità d'un fattarello borghese: al Capo, prima del matrimonio coll'ingegnere Lascaris, antico idillio di passione con un ufficiale boero, ferito al petto nella guerra del Transvaal e prigioniero degli inglesi; matrimonio col greco, imposto a forza dai genitori; vita coniugale di qua e di là pel mondo, nello sconforto d'un sogno ucciso, arida d'affetti e di figli; venuta a Palermo del boero, forse in cerca d'un clima miracoloso contro il male lento e terribile che gli rode i polmoni, senza dubbio per non morire prima d'aver raggiunto l'anima della sua anima; ripresa dell'idillio, in segreto, che neppur l'aria sospetta, nuovo divampar della fiamma; infine, ciò che il destino voleva: la fuga. Ecco il romanzo, e l'ultimo capitolo è nelle mani di Dio.

Cosí, sepolto lo scandalo assai presto, una dolce figura è sparita. L'infedele che si chiamava duchessa Lascaris ora non è piú che Gladys, vittima della sua costanza, e se ne va sui mari verso un altro sacrifizio, il piú disperato, lasciando nei luoghi del suo soggiorno come una traccia di visione, recando con sé come un'aureola di martirio; se ne va, la piccola Gladys, in veste di suora di carità e in compagnia del suo morente, tra i rimpianti e le assoluzioni. Dei farisei ce n'è sempre, curvi a raccoglier sassi, pronti a lapidare, e mormorano in sordina che la società giudica senza criterio, per puro impeto di simpatia non sempre legittima allorquando scevera a modo suo, a destra e a sinistra, le agnelle bianche dalle nere, ma essi sono farisei, non concepiscono la grandezza dell'espiazione, tanto meno l'eroismo di certe colpe.

D'altronde, se alla piccola Gladys è toccato in sorte d'essere ripartita dall'opinione pubblica nel gregge delle agnelle bianche, ragione di piú perché in tale unanime concordia d'indulgenza il marito trovi un balsamo alla propria angoscia e sappia rassegnarsi al destino, comprendendo che pel suo onore e per la sua dignità assai piú grave sarebbe stata l'offesa se fosse avvenuto in circostanze volgari l'abbandono da parte della moglie; come assai piú ignominiosa la sua sventura se la moglie fosse stata inseguita dal vituperio. E avrebbe anche torto a lagnarsi d'altri che di sé medesimo, poiché, sebbene in generale non gli sieno cessate le benevolenze affettuose che aveva saputo cattivarsi e quasi tutti amici ed amiche, lo compatiscano sinceramente, ora vengono a fior d'acqua non soltanto le sue marachelle, galanti prodezze di società, ma gli squilibri e le violenze del suo carattere, certe vessazioni continue, certe scene intime spaventose di nevrastenia, dalle quali era ineluttabile che un giorno o l'altro la moglie finisse per liberarsi.

Egli pure è sparito, o almeno non si lascia vedere; chi lo dice nascosto nel villino dell'Olivuzza, in preda a convulsioni di pianto e di furore, chi a Castelvetrano, chi addirittura in viaggio, sulle peste dei fuggitivi. La verità è che non una finestra del villino Floreal trapela indizio d'abitante, che i famigliari furono tutti licenziati e il cocchiere s'imbarcò per Napoli coi cavalli, forse incaricato di trattarne la vendita; due cavalli da tiro; il terzo, un magnifico morello, prediletto dalla duchessa, l'ingegnere lo freddò, a Castelvetrano pretendono alcuni ma senza dubbio s'ingannano, con un colpo di rivoltella. Sfoghi da manicomio, e perché c'entrasse la povera bestia tutti se lo domandano: sei o sette mila lire bruciate nello scattar del grilletto e molti che la bestia la conoscevano e la valutavano, quasi ogni mattina ammirandola sbuffante e docile sotto il pugno fermo della cavalcatrice, vogliono spiegarsi l'eccidio in un momento folle, però, a prezzo cosí alto, come solo nelle Novelle Arabe il Califfo di Bagdad poteva concederselo ai suoi bei tempi, non lo capiscono piú. Del resto, un Commissario di polizia, certo cavalier Gullifà, il quale si vanta fin troppo e a mezzo mondo ripete dieci volte in un'ora d'essere stato lui per caso a ravvisare la duchessa a bordo, travestita da monaca, sull'atto della fuga coll'amante e si diffonde in un lusso di particolari, per le confidenze avute dal marito stesso non crede che questi abbia idea d'ingigantire lo scandalo, di trascinarlo all'estero né con ridicoli inseguimenti né con processi clamorosi: ciò che è stato è stato, mettiamoci sopra una pietra; vorreste vederlo in lotta contro una donna che ama tuttavia e alla quale ha già perdonato? da che parte sieno i torti il mondo lo grida ai quattro venti, ma non è la voce di Dio; l'ingegnere Lascaris ha la cittadinanza inglese, non ci son figli, e per lui tanto vale oramai agevolare il destino non opponendosi al divorzio, se la signora, come non c'è dubbio, ne farà richiesta ai tribunali del suo paese.

La voce del mondo non è la voce di Dio! il Commissario batte specialmente su questo punto.

Don Pellegrino Gullifà, cosa vi è venuto in mente, ora che l'ingegnere Lascaris si è dileguato verso le terre d'Australia e don Nicola Cardamomo nessuno l'ha piú visto a Palermo, quale spirito maligno di suggestione vi ha indotto a rifischiare per filo e per segno nelle orecchie di qualche amico, in grande segretezza, la vostra storia? quella storia che avreste dovuto seppellire nella caverna piú scura dei vostri ricordi? Sono circa duemilasettecento i venerdí bene o male tramontati sul calendario vostro, don Pellegrino, e l'esperienza e la politica del mestiere non vi hanno ancora insegnato che oltre essere elastico secondo le coscienze, l'obbligo del segreto professionale vuol essere piú o meno rispettato secondo il vento che tira?

Dio liberi, nessuno degli amici fiatò, persone serie, amici fidati e scrupolosi a metterli sulla graticola, ma i misteri della chiesa di Santa Maria in Gloria cominciarono qua e là a sussurrarsi con quel bisbiglio tra il pauroso e l'incredulo che fomenta la curiosità, le voci si fecero piú ardite, a poco a poco crebbero di numero e d'intonazione, penetrarono nel dominio dello scandalo non ancora pronto allo scoppio, finché un giornale accese la miccia. So bene che a rigore, chiusi gli spettacoli con l'improvvisa scomparsa della duchessa, dal vostro punto di vista il patto del silenzio era sciolto, tanto è vero che premendovi di riparare al ridosso d'ogni burrasca, una diplomatica esposizione dei fatti alle autorità superiori vi sembrò finalmente opportuna e ne riceveste encomio; so bene che cessata nella vostra carne e nel vostro spirito la febbre demoniaca d'ubbriacatura, aperti gli occhi a piú serena coscienza, non tanto vi mosse un impulso pettegolo o vanitoso, come il proposito deliberato di compiere atto di giustizia svelando chi fosse in realtà l'angelo biondo, la mite e buona creatura cosí esaltata dalle simpatie pure nel suo ultimo gesto e cosí rimpianta: errore, don Pellegrino! al vento sotterraneo voi non avete riflettuto, non vi occorse il pensiero di quella turba esotica partecipante ai riti d'Erodiade, gente che non domandava se non d'essere lasciata nelle sue tenebre e quando insieme con la Papessa si vide tratta all'obbrobrio della luce, in mezzo alla stupefazione inorridita, da voi che le eravate complice, il tradimento non ve lo perdonò.

Ed ora negli Abruzzi vi godete il fresco dell'Appennino.

Durante l'imperversare d'un subisso di meraviglie e d'indignazione prodotto dallo scoppio della bomba, mentre i giornali sbrigliavano la fantasia a tutta carriera e uno solo, manifestamente imbeccato, si ostinava nella piú scettica incredulità adombrando certe vaghe manipolazioni cattoliche in danno d'una comunione protestante forestiera, a questo giornale facevano spalla le prime lettere anonime piovute negli uffici di Polizia, le quali accusavano senz'altro il cavalier Gullifà d'avere imbastito la calunnia e d'averla propalata a fine religioso, per istigazione dei monaci. Che fosse stato veduto qualche rara volta accompagnare verso sera il ferocissimo frate domenicano suo parente e patrono?

Avvisaglie grottesche ma significative d'una lotta che si voleva combattere a carte scure. Piacesse o no questa nuova gatta da pelare, per la soddisfazione del pubblico già troppo eccitato il mistero bisognava finire di sventrarlo, e dopo i valorosi esperimenti condotti a buon punto dal cavalier Gullifà l'incarico non ne poteva essere affidato che a lui. Ah! questa volta don Pellegrino non si sentiva piú sotto la vigilanza d'un occhio invisibile, nei ceppi d'una potestà invisibile, trascinato da una follia di sacrilegio a rinnegare il suo onore, a manomettere i suoi obblighi, patteggiando e vendendosi: Dio l'aveva liberato col miracolo del terrore; questa volta non era piú come sul principio l'uomo tentennante nel buio, cacciatore tremante di fantasmi: non avesse avuto altro sussidio che il lampione provvistogli per forza da quella schiuma di don Cocò, ne aveva abbastanza per filar dritto all'attacco.

Senza incertezze. O polso o niente. Fece abbattere le porte con un fracasso da conquistatore, la chiesa venne perquisita da cima a fondo, elencato e sequestrato l'intero armamentario del cerimoniale, dalle torcie e dai candelabri ai veli delle corifee e alle gualdrappe dei cavalli; scovò mozzi di stalla e meccanici d'automobile, facchini, cocchieri, servitori avventizi, cameriere d'albergo, mediatrici galanti, ragazze sensibili a tutte le offerte, insomma quanti d'una maniera o dell'altra sospettava nel giro; interrogò, mise a verbale; specie con le donne gli toccò giuocare una partita d'astuzia e di minaccia, lui che sapeva dove fossero reclutate le danzatrici, esse, pudibonde, che perfidiavano nel silenzio; in ultimo, sotto le tanaglie, fra dente o ganascia, anche le piú proterve si arresero allo strappo del dente. Carta canta, signori: coloro che sbraitavano d'una turpe commedia montata dai clericali di balla con Tizio e Sempronio, avrebbero visto se per calare il sipario bastava che i grossi personaggi si fossero squagliati a tempo; carta canta e i processi verbali stavano aperti sulla tavola: nomi, cognomi, titoli, e che nomi e che titoli! a prova della verità, a edificazione del pubblico.

Precisamente questo era il colpo gobbo e piú da temere, che se li avesse raggiunti a casa loro, nei loro paesi dove primeggiavano dalla loro altezza, parecchi dei grossi personaggi ne sarebbero stati travolti in una rovina irremissibile; questo il pericolo che essi e i loro fedeli aiutanti erano risoluti di scongiurare con ogni mezzo e a qualunque patto. Per impedire la rivelazione dei nomi non rimaneva altro scampo che mutar tattica, distogliere la curiosità e fuorviare l'inchiesta, giovandosi d'un cadavere.

I dubbi già espressi in forma sibillina dall'organo ufficioso che la duchessa Lascaris non fosse fuggita mai da Palermo, e i punti interrogativi ed esclamativi circa il luogo dov'ella si celava, dai piú non erano stati afferrati; subito dopo, ai sordi ronzii terra terra che sogliono precorrere la vampata incendiaria, i piú crollarono il capo e ghignarono, stufi di tante sorprese che attorno a quel nome venivano succedendosi, e lo stesso annuncio, terribile, d'una morte violenta, meravigliosamente occultata dalla diceria della fuga, apparve a tutti cosí enorme che ci si volle scorgere il tentativo supremo di salvataggio della non piú illibata colomba; ma ciò malgrado, si sentiva qualche cosa nell'aria, gli occhi s'interrogavano, come se il volo errante dello spettro la facesse rabbrividire. Le lettere anonime intanto, da Londra e dalle maggiori città del nord, tempestavano la Prefettura e la Procura generale, tutte scritte a macchina, quasi tutte in francese, denuncianti l'assassinio premeditato della duchessa ad opera del marito pazzo e geloso, concordi nell'accanimento di dare addosso al commissario Gullifà piuttosto che all'assassino. Chiedevano le meno curiose e le meno esplicite: perché l'agente di polizia, incaricato dell'inchiesta e di perquisire il vecchio tempio dei Cavalieri, si guardò bene lui e i suoi uomini dal discendere nei sotterranei, dove a prima vista avrebbe rinvenuto e sequestrato ai fini della giustizia un corpo di reato assai piú importante d'un braciere e di quattro moccoli? Ed altre, sorvolando sui particolari, chiedevano poi a loro volta: perché, in qual veste, il cavalier Gullifà si trovò presente al delitto? perché non seppe impedirlo o almeno trarre in arresto il colpevole? perché neppure lo denunziò, e invece tutti i suoi pensieri, tutti i suoi sforzi, tutta la sua scaltrezza rivolse non solo a nascondere l'avvenimento di sangue, ma con una menzogna creata dal suo genio, da lui propagata, a mascherare d'ogni plausibile verosimiglianza la scomparsa della vittima?

Fu allora che da inquisitore divenuto inquisito, don Pellegrino si vide in male acque, nell'attitudine di picchiarsi forte lo stomaco, raccomandandosi: confiteor; e fu allora che per un pelo non rischiò il ponte dei sospiri con un processo alle costole o quanto meno con un regio decreto di collocamento sul lastrico, lui e la famiglia. Confiteor, confiteor: il Governo ha viscere di misericordia, massime se qualche santo interviene tra il fosco e il chiaro, e per tutta punizione si limitò a ordinargli l'aria degli Abruzzi, ma in sostanza ciò ch'egli aveva omesso di denunciare nient'altro, secondo lui, che per quella prudenza imposta nei casi estremi da un'estrema necessità in sostanza non era un reato, ne possedeva lampanti le prove, ne chiamava testimoni oculari le ballerine egli stallieri, e l'Art. 180 del Codice penale è tassativo, non ammette interpretazioni arbitrarie, punisce l'ufficiale pubblico che tenga nascosto un reato. Umanamente parlando, cosí avesse voluto Iddio che un reato fosse stato commesso! il suo dovere Pellegrino Gullifà avrebbe saputo compierlo sino alla fine, anche questa volta come sempre, senza paure e senza riguardi. Lo accusavano d'aver venduto il suo silenzio a un marito omicida? i suoi accusatori sapevano la verità non meno di lui, essi, i primi a tremare sotto la minaccia delle conseguenze, i primi ad affannarsi disperati, brancicando tra le calunnie e il romanzo per seppellirla; quella notte, dinanzi a quella verità che ora impugnavano, li aveva visti esterrefatti dallo spavento, e piú d'uno cadere in deliquio; c'erano dei giovani tra essi, e a piú d'uno, quando s'imbarcò, i capelli erano divenuti grigi.

Quella notte! È l'ora, è l'ora. I cavalli si slanciano, dapprima serrate le groppe l'uno contro l'altro, poi nel crescente galoppo distaccandosi, inseguendosi, aizzati dalle femmine che li inforcano, la duchessa alla testa, e dal gridar dei presenti. La folla irrompe come un mare in burrasca. Urlate, urlate, figliuoli di Satanasso! I cavalli passano, volano, ripassano. In mezzo agli energumeni anche lui, spinto, respinto, giocando di braccia per farsi largo, don Pellegrino aguzza gli occhi, ma nei rapidi giri colei che stava alla testa non si discerne piú dalle compagne ed egli non vede piú che dei corpi: di tratto in tratto un baleno bianco ad ogni baleno del loro passaggio. Pochi istanti. La corsa va rallentando. Don Cocò! don Cocò avete visto? una signora è precipitata da cavallo! Don Cocò non ha visto.

Un momento la corsa pare che s'intralci e si avviluppi come fermata da un ostacolo: subito però ripiglia piú vertiginosa di prima. Volano i cavalli e voliamo con essi. Che allucinazione è questa? il terreno traballa, il terreno ci manca, si sprofonda sotto i nostri piedi. Precipitiamo o noi pure siamo travolti in aria dalla vertigine della fuga? Fuga nelle tenebre: le torcie si sono spente in un soffio. Dove siamo? cos'è questo vento freddo che ci sferza e ci tronca il respiro? questo vento che ci porta via?

Ci porta via, don Pellegrino sente d'esser portato via dalla raffica inesorabile, non lui solo, tutti insieme, nello stordimento d'un rombo cupo. I vicini lo afferrano, gli si aggrappano addosso, per istinto si aggrappa anche lui a qualcuno, le loro mani son morse di tanaglia come le mani dei naufraghi. Un lampo! nell'attimo di bagliore l'immensità. Dove siamo? Il cielo e la campagna sterminata. Gesú, misericordia di noi! Un altro lampo, un altro, un altro. Non guizzi di folgore all'orizzonte, ma sprazzi di fiamma che scendono in valanga dal cielo, una luce terribile, infinita, che ci avvolge tutti e illumina tutto. File d'alberi, gruppi di case, torrenti, vallate, colline, monti, lontananze. È il campanile d'Alcamo che abbiamo visto là in cima? Dura piú ogni lampo dell'intervallo tra un lampo e l'altro. Partanna! Gibellina! Ad ogni attimo nuovi monti che fuggono, borghi che s'inabissano. Terra di Sicilia, fermati, misericordia di noi!

La rapidità delle luci arroventa cavalli e cavalcatrici galoppanti con noi all'abisso in un medesimo vortice. Ed ecco il morello che ha sbalzato la donna, eccolo criniera al vento, furibondo d'essersi attardato alla mossa, raggiungere il branco e superarlo. Caliban! Caliban! Cos'è che gli ciondola dai denti egli sballotta tra le gambe e gli sbatte i fianchi? Le luci non sono piú cosí chiare. Una testa troncata!? La testa troncata e boccheggiante della donna gli pende pei capelli dai denti! È già passato. D'improvviso tutte le luci si estinguono per l'eternità.

Non è vero niente. I beffardi si rallegrano coi nuovissimi Lazzari del loro buon ritorno dai regni scuri; secondo la gente seria si produsse in noi un volgare fenomeno d'allucinazione istantanea e collettiva: non abbiamo fatto che chiudere gli occhi e riaprirli, quella che a noi parve un'eternità d'angoscia indicibile nel viaggio della morte non fu che un batter di palpebra. Siamo intesi, non è vero niente, ossia, raccolte dall'autorità giudiziaria le testimonianze degli stallieri e delle ragazze corifee, c'è soltanto questo di vero: il corpo della duchessa Lascaris giacente sotto la balaustra, dilaniato, decapitato!

Atroce spettacolo, ma vacillando ancora, non bene ancora usciti dal sortilegio, cosí immanente abbiamo negli occhi la visione di quella testa squassata ai ludibri del turbine e nelle ossa il terrore d'averne riconosciuto il volto, che la realtà del cadavere ci appare come se già la sapessimo. Caliban! Caliban! A zigzag un solco di sangue percorre la navata dal fondo alla balaustra, qui una pozza di sangue vivo gorgoglia, sommerge quasi interamente il tronco, le cui arterie dovrebbero non contener piú sangue e ne versano a fiotti, ne versano sempre. È Caliban che ha trascinato fin qui la sua vittima e ne ha fatto scempio rompendole il petto coi suoi zocchi di ferro; belva o demonio, che si è accanito a morderle il collo, a recidere tegumenti e vertebre, a lacerare, squarciare, strappare, finché la testa non gli rimase ai denti per portarla via. Scomparsa. A chi l'abbia recata, pegno o trofeo di una promessa adempiuta, da un mare all'altro varcando la Sicilia in un lampo, indovinatelo: per esilararvi, avrete scoperto il nostro segreto di Pulcinella. Dov'è Caliban? Fra le strida, i gemiti e le convulsioni, in mezzo al tumulto delle impennate e al parapiglia dei fuggenti, l'imperturbabile don Cocò si affanna a cercarlo: non lo trova; piú tardi, lo cercano tutti: niente; è fuggito, o piuttosto non è tornato.

Impossibile addivenire alla perizia necroscopica del cadavere, ridotto a una poltiglia nera, esecranda; si constatò tuttavia la separazione del capo dal busto e disotterrata a Castelvetrano, nell'orto delle officine, la carcassa della mala bestia, si rinvenne tra i denti un groviglio di capelli biondi.

L'INVITATA

Nessun dubbio che i fenomeni d'occultismo esposti otto o dieci anni fa dal professor Zamit e da madamigella Alma nel teatro Marrucino di Chieti fossero strani e incomprensibili, specie quelli che si riferivano alla trasmissione del pensiero, ma se il pubblico rimaneva stordito e c'era da scommettere che piú d'uno sarebbe venuto una volta o l'altra coll'acquasantino in saccoccia per scongiurare l'influsso diabolico, alcuni ufficiali della guarnigione non si adattavano cosí presto ad accettarli senza benefizio d'inventario.

Nella sala grande dell'albergo del Sole, dove si raccoglievano a cena terminato lo spettacolo, le discussioni non finivano piú, e quantunque io non voglia affermare che fossero tutti concordemente scettici, l'opinione trionfante non attribuiva altro valore a cotesti fenomeni se non quello d'un'abile ciurmeria. Ipnotismo? sentir caldo o freddo, mostrarsi in preda a un accesso di spavento o di gioia o di devozione, camminare o star fermi o inginocchiarsi a beneplacito dell'operatore, era una commedia bell'e buona rappresentata con discreta arte dai pretesi suggestionati, i quali, chi sa dopo quante prove, obbedivano da onesti compari alle istruzioni ricevute; o perché il signor Zamit sceglieva i suoi soggetti a gusto suo, quasi sempre tra il pubblico della piccionaia, studentelli o artigianelli o straccioni vagabondi, non certo superiori al sospetto d'essere stati scritturati a mezza lira per sera, invece di degnarsi d'invitare sul palcoscenico persone conosciute, persone a modo e sopratutto degne di fede? quanto alla trasmissione del pensiero, se madamigella Alma, nello stato di sonnambulismo piú o meno accertato e cogli occhi bendati piú o meno, suonava sul pianoforte un pezzo di musica imposto mentalmente da uno spettatore, ripeteva parola per parola una frase scritta seduta stante e suggellata dentro una busta, indicava con precisione il recondito nascondiglio di qualche oggetto ovvero si recava essa stessa a rintracciarlo, siffatti esperimenti, volere o no, in sostanza non erano che i soliti giochetti delle sonnambule di piazza, ridotti a miglior lezione e perfezionati con garbo.

E siccome ad ogni salmo non deve mancare il gloria, cosí il gloria d'ogni discussione si riassumeva nel panegirico di madamigella Alma, la quale coi suoi occhi tenebrosi che scintillavano esercitava una suggestione di tutt'altro genere da quella promessa sui cartelloni, allorché davanti al pubblico compariva sorridente, il volume dei capelli tenebrosi abbandonato giú per le spalle a guisa di un manto ieratico, le spalle e le braccia candidissime emergenti dalle tenebre di velluto nero che la serravano fino ai piedi. Rare volte la desolata monotonia teatina era stata interrotta da un maggiore avvenimento d'ammirazione e di curiosità: in origine le conferenze, come annunciava il cartellone, dovevano esser due, dopo la quinta l'emulo di Donato si lasciava indurre a concederne ancora un'ultima definitiva a richiesta generale, e assai piú degli esperimenti ipnotici, sempre gli stessi con poche varianti, era l'attrattiva della Sibilla il vero richiamo. Grandi discussioni nel caffè Barattucci: da taluno si pretendeva che fosse figlia del professore, altri la dichiarava moglie, dalla mano destra o sinistra poco importa, ma comunque si volesse qualificare, nessuno degli eterni gazzettieri e degli ostinati frequentatori del palcoscenico aveva avuto agio d'avvicinarla e di dirle mezza parola; non bastava poter penetrare nelle quinte durante gli intervalli ed essere accolti a braccia aperte dal signor Zamit: madamigella rimaneva invisibile nel suo camerino; fosse virtú sua o gelosa vigilanza del custode, nessuno poteva vantarsi d'aver ottenuto da lei la grazia d'uno sguardo o d'un sorriso speciale, per quanto fossero molti coloro che l'imploravano tutte le sere, e in prima riga, agitandosi e scalmanandosi dai loro posti per farsi osservare, aspettandola all'uscita, i nostri ufficiali del distaccamento di Parma cavalleria.

Se l'invitassimo a cena per domani? scappò fuori ad un tratto il tenente Regesta la sera della penultima rappresentazione   mi assumo io l'incarico; conosco il professore e conosco il suo debole; domani mattina al caffè lo piglio dal lato della scienza, gli espongo i nostri riveriti dubbi, lo metto colle spalle al muro: non si scappa: se i suoi fenomeni sono lisci e sinceri, senza tranelli, senza fantasmagorie e giuochi di prestigio, perché non accetterebbe di ripeterli alla buona, quasi in famiglia, tra cinque o sei amici che non domandano altro che d'essere illuminati e convertirsi dalla loro incredulità? Venendo lui, naturalmente deve condurre la sua ausiliaria, e per geloso che sia, sfido! non saremmo piú noi se durante gli esperimenti, o prima o dopo, non riuscissimo a decifrare la sciarada di cotesta sfinge e averne il cuor netto circa la sua virtú. Potrebbe anche darsi che con un pretesto egli non accettasse: d'accordo! e allora pazienza, ma in questo caso farebbe male i suoi conti e domani sera a subissare il teatro ci pensiamo noi; birba chi manca, non vi dico altro.

Qualunque fosse la proposta del tenente, fatta sul serio oppure una delle sue solite uscite strampalate, raccolse subito per acclamazione i voti dei presenti, tranne quello del giovine principe di Rocca Imperiale, venuto fresco fresco dalla scuola di Pinerolo e ancora novizio nell'arte di passar mattana in una piccola guarnigione, che per scrupolo d'etichetta non giudicava conveniente invitare a cena una signorina alla quale nessuno di loro era stato presentato; non gli diedero retta; corsero pure delle scommesse: Zamit non accetterà, Zamit accetterà, e il domani, dopo colazione, si trovarono puntuali da Barattucci, impazienti di sapere come ne sarebbe stato accolto l'invito.

Manco dubitarne: Zamit pareva che non aspettasse altro. Chi aveva sparso la voce ch'egli era geloso? accettò subito senza complimenti, per sé, prima di tutto, e quel che piú monta, per la sua compagna, promettendo e impegnandosi tra il mistero e la celia di convertire gli increduli con prove palmari ai miracoli delle scienze ermetiche. Solamente, finita la rappresentazione d'addio in un visibilio di battimani e di fiori alla Sibilla, quando fu l'ora di sedersi a tavola e il tenente Regesta, che si era messo in quattro pei preparativi della cena, non vedendolo cominciava a masticarsi i baffi, eccolo arrivare piú che mai ilare e disinvolto, ma senza Sibilla!

Se affermassi che la famosa cena, massime sul principio, fu addirittura un banchetto di Baldassarre per l'allegria e la festività dei commensali, piú d'uno vorrebbe metterlo in dubbio: pareva piuttosto d'essere in un refettorio di Cistercensi. Regesta, il caporione, borbottava piano dei paternostri selvatici, schizzando fiamme e veleno peggio d'un basilisco per essersi lasciato burlare da quel ciarlatano maltese, e col naso nel piatto scansava le occhiate maligne dei quattro colleghi che non gli presagivano niente di buono. Per esempio, uno che aveva saputo indovinarla meglio di tutti era stato quello sbarbatello di Rocca Imperiale: colla sua timidità, colle sue paure d'offendere l'etichetta classica imparata nei salotti napoletani, dopo il teatro era sparito senza dir niente a nessuno, e cosí il solo che avesse diritto di pigliarli in giro tutti quanti, messi nel sacco dal mago, era lui, un sottotenentino venuto ieri, ancora col latte sulle labbra!

Mago o non mago, non c'era bisogno di saper divinare il pensiero per accorgersi che la scusa d'un'improvvisa emicrania sopraggiunta a madamigella Alma otteneva tacitamente l'unanime suffragio dell'incredulità e per dedurre dall'accoglienza glaciale degli anfitrioni che piú presto si fosse sciolta la seduta meglio sarebbe stato. Il professore non fu di questo avviso: poiché gli altri tacevano, discorreva lui per tutti, tra un boccone e l'altro diluviato con appetito invidiabile, raccontando non senza brio e vivacità aneddoti piccanti delle sue peregrinazioni nei due emisferi e come un giorno, quand'era ancora studente di medicina a Londra, la lettura delle opere teosofiche di Swedemborg l'avesse catechizzato all'occultismo.

Niuno di voi, signori, conosce Swedemborg! me ne duole, ma non mi stupisce; vi consiglio di leggerlo: venticinque volumi inquattro, a un dipresso di cinquecento pagine l'uno, scritti in latino e stampati in carattere minutissimo da perderci gli occhi. Capisco, non avete tempo: la piazza d'armi, i cavalli, le corse... tutte occupazioni assai piú importanti; ciò non toglie che dopo le aberrazioni demonologiche del medio evo, sia Swedemborg l'inventore della teurgia moderna e Mesmer e Crookes e Christian e Allan Kardec procedano da lui, concordi in questo grande principio: non solo l'anima è distinta dal corpo, ma conserva la propria individualità nello stato del sonno e della morte e può comunicarsi a noi tanto nell'uno come nell'altro. I materialisti fanno come voi altri in questo momento, ridono; ma quando si trovano in presenza d'un fenomeno di divinazione e di visione nell'ordine intellettuale ovvero di altri fenomeni meccanici, contrari alle leggi di natura nell'ordine fisico, si stringono nelle spalle e non potendo per ora spiegarli invocano in un avvenire piú o meno remoto la lanterna della scienza: ho paura che la scienza puramente umana non avrà mai olio per cotesta lanterna. Tornando a Swedemborg, volete sentire in quali circostanze gli ho parlato e mi spiegò a viva voce il suo dogma degli angeli? notate ch'egli morí nel 1772, circa settant'anni prima che io venissi al mondo: mi trovavo a Middlettown negli Stati Uniti...

L'esordio prometteva una storia da manicomio; in fondo non si trattava che d'una semplice comunicazione spiritica, non dissimile da quelle che le gazzette americane e inglesi registrano quasi ogni giorno, ma sebbene l'uditorio continuasse a mostrarsi ribelle affettando per progetto un'indifferenza astiosa e beffarda che rasentava la scortesia, a poco a poco si lasciava prender la mano dall'imperturbabile illuminato. Grandi e grossi, con tanto di sciabola al fianco, siamo sempre bimbi: quello stesso incubo di curiosità, d'ansia e di paura che ci teneva immobili nelle serate d'inverno sulle nostre scranne ad ascoltare trepidanti la fiaba del Mago Merlino e di Bellinda abbandonata nel bosco, anche adesso ci opprime e ci affascina, noi spiriti forti, se c'è chi si sogna di pagarci con altrettante panzane lo scotto della cena che abbiamo avuto la dabbenaggine d'offrirgli.

Questo pensava il tenente Regesta, e lui pel primo era già fuori di carreggiata quando alla narrazione del colloquio con l'ombra di Swedemborg tenne dietro una sequela d'altri fatti piú meravigliosi, interpolata da scorribande trascendentali nei limbi della metafisica. Non lui solo, tutti accennavano a brancolare, chi piú chi meno, deposto il broncio sotto la tavola e madamigella Alma sparita dalla memoria. In breve la discussione si accese e fu generale, chi obbiettava ricalcitrante, chi piú modesto, non celando la sua ignoranza e attratto da una curiosità irresistibile e da un desiderio nuovo d'istruirsi, cumulava domande a domande; alle frutta, non dirò che fossero già tutti neofiti e giurassero in verbo magistri, ma se il professore Zamit aveva al mondo degli amici, i piú sinceri e i piú entusiasti si trovavano in quel momento a Chieti, all'albergo del Sole.

Non credevano alla suggestione, per lo meno li soccorreva tale e tanta fiducia nella loro energia da ritenersi refrattari, e incoscientemente ne subivano il dominio. Era la suggestione della dottrina ermetica o piuttosto dell'altrui volontà? Perché non gli levavano gli occhi d'addosso a Zamit, quest'uomo dal colore bruciato del volto che tradiva l'origine saracena, dai capelli ispidi e ritti sulla fronte come un'aureola di spine, e ogni volta che lo sguardo d'uno di loro s'incrocchiava col suo, non potevano sostenerne l'acciaio? Anche la discussione era finita: ascoltavano.

Tenente, se non le spiace, favorisca chiudere tutte le porte di questa sala e custodirne le chiavi per maggior sicurezza disse il maltese ad uno degli astanti, poi che i camerieri ebbero terminato di sparecchiare la tavola non saremo importunati da estranei.

Levatosi in piedi, fece alcuni passi per isgranchirsi le gambe, si avvicinò alla finestra e appoggiata la fronte contro i vetri, stette immobile un buon minuto come se volesse discernere qualche cosa nell'oscurità della notte. Ripigliò il discorso tornando al suo posto ma senza sedersi:

 Questa mattina nell'accettare il vostro invito avevo pure accettato a nome della signorina Alma, e vi do la mia parola d'onore che non solo non avevo alcuna ragione di rifiutare e tanto meno di promettere con intenzione di non mantenere, ma mi sentivo molto lusingato per me e per lei della vostra gentilezza squisita; non fu colpa mia né colpa della signorina se all'ultimo momento un malore improvviso, a cui purtroppo va soggetta, le vietò di venire in persona a ringraziarvi e passare due o tre ore in vostra compagnia come avrebbe desiderato. Mi teneste il broncio, me ne accorsi e non voglio farvene carico, però avreste torto di conservarmi rancore, perché sebbene venuta in ritardo, madamigella Alma è con noi.

Silenziosi, gli ufficiali seguitavano a guardarlo e non capivano cosa intendesse di dire.

 Madamigella Alma è con noi ripeté Zamit spiccando le sillabe ad una ad una è presente in questa stanza, ci vede e ci ascolta. Non vi ho detto poco fa e non ho cercato di dimostrarvi che nella dualità dell'anima e del corpo, se il corpo è soggetto alle leggi fisiologiche, l'anima obbedisce ad altre leggi sconosciute, affatto indipendenti, e l'abbandono della vita corporale, sia momentaneo o definitivo, nel sonno o nella morte, non implica punto la cessazione d'ogni rapporto cogli uomini? Voi non la vedete, madamigella Alma, come non la vedo io, ma credete che basti di non vederla per poter negare la sua presenza? Tenente Regesta, non sentite ch'essa è al vostro fianco e vi stringe la mano?

Se Regesta non provò materialmente la stretta d'una mano invisibile, ebbe tuttavia la sensazione certa che tra lui e il suo vicino di destra una persona invisibile si era frapposta e questa persona lo fissava negli occhi! Voltò il capo dall'altra parte, colle due mani stese riparandosi d'un moto istintivo, come avrebbe fatto davanti a uno scoppiettio di scintille per non rimanerne acciecato.

Le labbra del professore si atteggiarono a un sorriso sardonico:

 L'avete tanto desiderata, madamigella, e ora che essa gradisce la vostra compagnia e vuole dimostrarvi d'esservi riconoscente, voi ne avete terrore? Non viene dall'altro mondo e tanto meno può dirsi un'intrusa: è la vostra invitata! Debbo fare io gli onori di casa?

Scostò alquanto a capo della tavola una sedia rimasta vuota e inchinatosi galantemente come se davvero offrisse posto a una signora, andò ad aprire il pianoforte, strumento e vittima tutte le sere delle crudeltà musicali di Regesta.

L'invitata! Non solo Regesta, pure gli altri la sentivano presente in mezzo a loro, sentivano il suo sguardo, sentivano la sua ombra, e immobili, fissi gli occhi nello stesso punto, tacevano, aspettando da un momento all'altro la rivelazione della voce. Chi aveva spento ad un tratto le fiamme del gas, salvandone una sola, laggiú nell'angolo, moribonda? Tacevano: nel silenzio, veniva dalle lontananze notturne il latrato d'un cane.

La voce non si rivelò, ma come se ad un tempo Regesta e i suoi compagni avessero percepito distintamente lo stesso soffio o lo stesso sospiro di sillabe dall'ospite vivibonda nell'immaterialità, si guardarono tra di loro, interrogandosi cogli occhi, mentre Zamit tornava verso la tavola rotonda. Nessuno aveva nominato Rocca Imperiale e tutti cinque l'avevano scordato fino dai primordi della cena: per quale divinazione magnetica uno leggeva nel pensiero dell'altro il nome di Rocca Imperiale, balenato subitaneo alla loro mente, e muti si comunicavano l'impressione d'averlo inteso proferire?

Nel languore dell'unica fiamma rimasta, pareva che su tutti pesasse un'oppressura. Incrocicchiate le braccia, ritto dietro la sedia da lui offerta un minuto prima all'invitata, pure Zamit taceva. Forse non era trascorso un minuto dacché durava l'eternità di quel silenzio. Ma se gli altri non acconsentivano che loro malgrado alla crescente suggestione e non avevano ancora smarrito del tutto ogni energia ribelle di volontà, Regesta, piú debole, si era dato per vinto: cogli occhi sbarrati, le pupille immobilmente fisse, senza dubbio vedeva l'imaginaria; quasi obbedisse a un invito di lei, si alzò, camminando a passi lenti d'automa o piuttosto di sonnambulo, le porse la mano, l'accompagnò verso il pianoforte.

 Ascoltate disse Zamit a voce bassissima, come se parlasse nella stanza d'un agonizzante.

In piedi, vicino allo sgabello e alquanto curvo sulla tastiera, Regesta aveva l'attitudine di chi si tien pronto a voltare sul leggio le pagine della musica, ma i suoi rari movimenti, duri e angolosi, sembravano determinati da un ordigno meccanico, al quale ottemperava nella vedovanza di sé medesimo, e rimaneva impassibile la maschera del suo volto.

Zamit non lo perdeva di vista; tendendo l'orecchio e col dito accennando verso il piano, ripeté:

 Ascoltate!

Suprema illusione o realtà maggiore d'ogni ipotesi umana, dalle caverne dell'istrumento vibrò un accordo, preludio d'una melodia immemoriale che adagio adagio, appena percettibile e pure linda e spiccata, cominciò a svolgersi sotto le dita dell'apparizione ermetica: nasceva a quattro passi di distanza e si sarebbe detto che veniva dai limbi, tanto era lontana: appena percettibile: anziché una musica, il sogno d'una musica, il riverbero d'una musica, le cui note giungevano man mano estenuate e recavano forma e suono di parole, in un linguaggio che non si traduce e non si rammenta piú, né tristi né liete.

Quanto abbia durato, niuno degli ascoltanti lo sa: ad occhi aperti, si erano come assopiti in quella mansuetudine di ritmo, scordando l'ora del tempo e la prima paura del mistero. Improvvisamente, si scossero: parecchi colpi ripetuti tempestavano l'uscio, dal di fuori la voce convulsa di Rocca Imperiale li chiamava per nome, ora l'uno ora l'altro, e mentre Zamit si volgeva irritato verso la porta, ecco Regesta avventarglisi contro d'un salto, alle spalle, afferrarlo pel collo, stramazzarlo a terra e mantenervelo con tutta la forza delle sue mani e con un ginocchio sullo stomaco. Fu un attimo. Di fuori raddoppiavano i colpi e sempre piú affannosa la voce di Rocca Imperiale:

 Aprite! aprite!

Balzarono in piedi tutti quattro, gli ufficiali, ma brancolanti sulle gambe, non liberati dal torpore dell'incantesimo, e prima che avessero avuto tempo di ben comprendere ciò che accadeva e dar soccorso all'aggredito, videro madamigella Alma partirsi dal pianoforte e attraversare la sala; coi loro occhi la videro bianca e discinta non quale la conoscevano in teatro nel suo abito nero di velluto tutta bianca, passare rapidamente, a mezz'aria, come se non toccasse terra, le braccia levate e i capelli sparsi, luminosa nella penombra, guadagnar l'uscio e collocarvisi davanti rivolta verso di essi, a mani giunte facendo il gesto supplichevole di non aprire.

Un attimo: quando intuirono l'idea della visione, la visione si era già dileguata. Senonché altrettanto presto aveva fatto Zamit a svincolarsi prima che si fossero mossi per aguantare il furioso, e nello sconquasso della porta che cedeva a un urto violento, rovesciato Regesta sotto di sé, gli intimava:

Svegliatevi! tenente Regesta, voglio che vi svegliate!

Rocca Imperiale frattanto rimaneva sulla soglia, forse pentito della sua audacia: era senza sciabola, la divisa scomposta, pallido, esterrefatto; voleva dire qualche cosa agli amici, ma gli tremavano le labbra e la vista del professore gli strozzava la parola.

Svegliatevi! gridò Zamit un'ultima volta con iraconda energia nella voce, e gli porse la mano, a Regesta, per aiutarlo ad alzarsi non appena lo vide risorto dall'ipnosi, lo sostenne trasognato e vacillante, lo fece sedere, benevolmente.

E cosí? siete persuasi, signori? Uno di voi favorisca di riaccendere il gas, ve ne prego. Siete persuasi? peccato che sul piú bello le nostre esperienze sieno state interrotte quando forse ci si preparavano altri fenomeni ancora piú strani... a proposito, si può sapere cos'è successo di tanto grave da meritarci l'onore d'un'invasione? è scoppiata una bomba? siamo circondati dalle fiamme?

Parlava con calma, nella naturalezza del suo tono sardonico abituale, piano piano asciugandosi col fazzoletto poche stille di sangue che gli gocciolavano dal collo, dietro l'orecchio, sulla camicia, e ostentando per Regesta la noncuranza del chirurgo, che compiuta l'operazione, non si volge piú verso il paziente. Andò incontro al nuovo personaggio stendendogli la mano, quantunque lo conoscesse solo di vista, e non si accorse della sua cera stravolta oppure ne attribuí senza dubbio la causa alla commozione d'essere entrato proprio nel momento critico della lotta corpo a corpo. Fra parentesi, anche gli altri, ora che la luce era ripristinata, avevano sul viso un colore d'acqua fresca, impagabile.

Il principe di Rocca Imperiale, se non erro? Non vi aspettavamo cosí tardi, troppo tardi, per quanto la vostra impazienza v'abbia consigliato di sfondarci la porta, visto che nessuno di noi si dava premura d'aprirla, io specialmente e non per mia volontà; un vero attacco alla baionetta! Ad ogni modo, se non altro, siete giunto in tempo pel bicchiere della staffa e non vorrete rifiutarlo, come non lo rifiuteranno i vostri amici prima di sciogliere la seduta. Mustafà, portaci due bottiglie di Valpolicella... e se saranno anche quattro, non fartene scrupolo. Del resto, avete assistito a una scena grottesca di pugilato che non era compresa nel programma, ve l'assicuro; è la seconda volta che mi succede: all'Avana, in pieno teatro, un soggetto mi saltò addosso per strangolarmi, profittando d'una mia distrazione involontaria... uno dei migliori soggetti, dei piú obbedienti che il caso m'abbia fatto incontrare dacché vado girando per il mondo... allora non ci diedi importanza, oggi il ripetersi dello stesso tentativo, in condizioni quasi identiche, scompiglia addirittura tutta l'economia delle nostre dottrine e un nuovo mistero ci si affaccia davanti: mentre noi crediamo che la nostra sola volontà operi sul paziente, invece egli ci sarebbe disputato da un'altra volontà, opposta e nemica, che lo suggestiona in senso contrario e strisciando, per cosí dire negli ipogei della sua anima, lo tenta, lo istiga alla ribellione e ad aggredirci colla forza brutale per distruggere il nostro dominio? Potremmo chiederne qualche cosa al signor Regesta, se lui pure non avesse l'obbligo imprescindibile di non rammentarsi piú nulla. E di quest'altra volontà che aspira a sopraffare la nostra e ad annientarla, chi sarebbe l'autore? la psiche dello stesso paziente, o il demonio perché io credo al demonio e Swedemborg ci credeva come credeva agli angeli oppure lo spirito d'un disincarnato? Ecco il dubbio: per esempio, se io ho costretto madamigella Alma ad obbedirmi, forse contro il suo desiderio, a venir qui spiritualmente con noi mentre ella dormiva e a rivelarci in modo sensibile la sua presenza, chi mi assicura che non sia stata lei a incitare il tenente contro di me, a scagliarmelo addosso per liberarsi del giogo che le imponevo? Non dico che ciò sia, è un'ipotesi e rimarrà allo stato d'ipotesi pura e semplice, perché quando tra poco, tornato a casa, interrogherò madamigella Alma, anch'essa, naturalmente, avrà smarrito la memoria di tutto. Oh bravo, Mustafà! Tenente Regesta, a voi il primo bicchiere, ve lo siete meritato, e faccio un brindisi alle vostre buone attitudini e all'eccellenza dei vostri muscoli... un'altra volta, se volete strangolarmi, ditemelo in tempo, cosí non avrò distrazioni e prenderò meglio le mie cautele. Signori, bevo alla vostra salute! Coraggio, principe; non avete visto nulla e siete il piú pallido?

Uscirono tutti insieme dall'albergo del Sole, diretti verso la Vittoria dove il professore stava d'alloggio, ma appena fuori dell'arco magno d'ingresso, Rocca Imperiale afferrò pel braccio colui dei suoi compagni che gli era piú vicino e lo tenne indietro per forza, scostandolo dagli altri, lasciando che la comitiva, allo svolto della cantonata, si perdesse nell'oscurità.

 Vieni a casa mia... vieni a casa mia... subito! implorò con voce spezzata, e senza rispondere alle sue domande, senza dargli tempo, lo trasse con sé in una corsa folle giú per la discesa, poi attraverso il laberinto buio dei vicoli orfani. Si smarrirono, tornarono due volte sui loro passi, e durante la corsa, a penosi intervalli, il racconto agitato, sconnesso, incredibile, di ciò ch'era avvenuto.

Alma... era con lui, Alma, in camera sua, di lui... era venuta a trovarlo dopo lo spettacolo e non aveva accettato l'invito alla cena apposta per essere libera e profittare dell'assenza di suo marito... era suo marito, Zamit. A Rocca Imperiale gli aveva dato l'appuntamento durante la rappresentazione... fino dalla seconda sera si parlavano a gesti, un telegrafo d'amore inventato lí per lí, e il pubblico non se n'era mai accorto, nemmeno gli amici... insomma gli aveva dato l'appuntamento. Era con lui... stava bene, stava benissimo, allegra... piena di vita e di salute... ad un tratto... ma ad un tratto, cosí, all'improvviso... senza motivo... lui credeva che scherzasse... ad un tratto rimane come istupidita, cogli occhi larghi, invetrati... non parla piú, non risponde... credeva che scherzasse... la chiama, la scuote... niente! E gli cade nelle braccia, fredda, rigida... i denti serrati... fredda! Poteva essere uno svenimento momentaneo, si sarebbe subito riavuta... e le spruzzò la faccia d'acqua fresca... non sapeva far altro... non c'era nessuno in casa... tutto inutile! ella non tornava in sé... fredda... rigida... il ritratto della morte! non tornava piú in sé; gli pareva, a lui, che il polso non battesse piú... non batteva piú il polso, il cuore non batteva piú... morta! morta a tradimento! in casa a quell'ora non c'era nessuno... girava per la stanza atterrito, colle mani nei capelli, si gettava disperato su quel corpo, abbracciandolo disperato... chiamando: Alma... Alma!... tutto inutile, era morta! e come un pazzo, a precipizio era corso al Sole, dove sapeva di trovare gli amici, a domandare aiuto... e sforzata la porta, l'aveva vista, Alma... l'aveva vista come un lampo, venirgli incontro e fargli segno di tacere, per amor di Dio!

Giunsero. A quattro gradini per volta, ansanti, furono in cima alla scala: la porta era socchiusa, nella seconda stanza, quella da letto, ardeva sul tavolino di mezzo la lampada a petrolio, illuminante i resti d'una cenetta in due, ma sul letto disfatto, vuoto, non rimaneva che l'impronta recente d'un corpo: viva o morta che fosse, madamigella Alma era sparita.

La mattina dopo, sulla piazza grande di S. Giustino, salutati da un mondo, il professore Zamit e la sua Sibilla prendevano imbarco nella solita diligenza quotidiana che doveva portarli abbasso alla stazione. I nostri ufficiali c'erano tutti e Zamit li presentò a un per uno a madamigella:

Il tenente Regesta... il tenente Della Guardia...

È inutile la presentazione   disse madamigella Alma sorridendo e ad ognuno stringendo la mano   se è vero, come mi avete detto, che la notte scorsa io ho conosciuto in ispirito questi signori all'albergo del Sole.

Allora vi presento l'unico che essendo giunto in ritardo, non avete conosciuto: il principe di Rocca Imperiale.

Milano, 14 aprile 1895.

Abbattete la porta! gridò ai suoi giannizzeri il delegato di P.S. appena giunto sul pianerottolo davanti all'uscio della signora Bernabei, nel tramestio d'una casa intera svegliata di soprassalto dal primo sonno, in mezzo al crescente susurro degli inquilini che si erano riversati per le scale a crocchi e gruppetti, uomini e donne, grandi e piccoli, e si sporgevano dalle ringhiere, salivano, scendevano da un piano all'altro, tutti ostinatamente curiosi e trepidanti d'ansietà.

Un nome correva per le bocche, storpiato, mutilato anzi il piú delle volte espresso alla meglio in un paio di sillabe sibilanti o tradotto per antonomasia da un appellativo generico, ma s'intendevano tutti. Ormai, svanito il terrore subitaneo d'un pericolo comune, ignoto e imminente, le pazze voci contraddittorie che da principio nel trambusto avevano annunziato l'ira di Dio, bombe, dinamite, incendio, terremoto, si erano mitigate e già in parte si accordavano, tutte designando la stessa persona. Nessun dubbio che se c'era una vittima se c'era poiché finora i discorsi non uscivano dalle supposizioni piú o meno verosimili questa non fosse il polacco del secondo piano, un giovinotto cui la signora Bernabei subaffittava in casa sua un assai misero quartierino e che di lontanamente polacco non aveva altro che il nome, problema e tormento di quanti si affaticavano a decifrarlo sulla targhetta d'ottone appiccicata alla porta: B.N. Tschernyschewskij. Vittima d'un suicidio o d'un assassinio? Alcuni pretendevano d'essere stati svegliati da un colpo di pistola fortissimo, che rintronò cupo nel silenzio della notte non preceduto né seguito da strepiti di sorta altri invece giuravano sull'anima loro d'avere udito tra il sonno e la veglia il rumore sordo come d'una lotta corpo a corpo e coll'abbaiare d'un cane furibondo, delle grida imploranti aiuto, poi giú per le scale il frettoloso calpestio di gente che fuggiva a precipizio. Affermavano con tanta sicurezza, che anche coloro i quali avevano dormito placidamente sulle due, le orecchie foderate di piombo, finivano per lasciarsi trascinare dalla suggestione e figurarsi e persuadersi d'avere inteso essi pure la tregenda; quanto al cane non c'era da dubitarne: dietro l'uscio chiuso, Egar l'enorme mastino del cosidetto polacco ringhiava tuttavia; un dog da catena, famoso nel vicinato, che all'infuori del suo padrone non conosceva barba d'uomo e solo a guardarlo in lontananza digrignava la chiostra dei denti, pronto a saltare alla gola, se Dio liberi, la catena di ferro si fosse spezzata: ringhiava tuttavia, di tratto in tratto ululava dei gemiti lamentosi che parevano umani, allontanandosi qualche momento dalla porta per ritornare poco dopo, piú inferocito che mai, a battere della testa contro il legno, a tentare di sconquassarlo con le zampe. Senonché la Bernabei e sua figlia, quelle che erano state le prime a gettar l'allarme e sul ballatoio raccontavano per la centesima volta, tutte spiritate, il come e il perché del loro spavento, non sapevano affatto né di colpi di pistola né d'altri strepiti e tanto meno di ladri o d'assassini fuggitivi.

Ecco: tornavano dal teatro; un miracolo da scrivere col carbon bianco; vederle esse al teatro era la stessa cosa che vedere dei turchi alla predica; combinazione, quella sera, per non disgustare Garganelli, il baritono, il celebre Garganelli che cantava la Cavalleria al Politeama e aveva voluto provveder lui i biglietti... figuriamoci, un amico di casa! giusto le stanze del polacco due anni prima le avevano mobigliato di casa privata apposta per lui e c'era rimasto tutto il carnevale e la quaresima; insomma, quella sera si erano lasciate tentare; una tentazione del diavolo? un destino? chi lo sa? l'avvenire è nelle mani di Dio; potevano prevedere che sarebbe successo quello che era successo? basta, tornano a casa; nel salire le scale, facendosi lume coi fiammiferi perché il gas era già spento, dice Penelope: mamma, vuoi scommettere che l'orso ha tirato il catenaccio come al solito e ci ha chiuso fuori di casa? L'orso era il polacco: un giovinotto di buona famiglia, che in quattro mesi non si sapeva ancora di che colore avesse la voce, sempre solo, lui e il suo cane, sempre con una faccia scura di temporale, sepolta nella barba da cappuccino, a chiamarlo orso gli si faceva grazia. Risponde la madre: il campanello alla porta c'è, suoneremo e chi ci ha messo fuori, il meno che potrà fare sarà di alzarsi e di metterci dentro. Penelope: e se dormisse? E se dormisse..., già non dormirà, non dorme mai, ne so io qualche cosa che tutte le notti lo sento passeggiare su e giú per la camera; se dormisse, avrà tanta pazienza e si sveglierà; non per niente hanno inventato i campanelli elettrici; costano un subisso ma sveglierebbero anche i sette dormienti . Penelope l'aveva indovinata; fanno per aprire, giusto! tanto di catenaccio: suonano, aspettano, suonano di nuovo, aspettano ancora, terza scampanellata, lunga, interminabile, quarta, quinta, e finalmente chi risponde è Egar, urlando e gemendo; picchiano colle mani, tempestano coi piedi, gridano forte: signor Basilio, apra, siamo noi! è sempre Egar che risponde, va e viene da una stanza all'altra perché in casa non è mai legato seguita a urlare, e intanto il signor Basilio dorme sempre; dorme! ma che dormire! ma che dormire d'Egitto! una delle due: o è venuto pazzo e gli è saltato il capriccio di fare una burla da pazzo, oppure qui si tratta d'un sonno di tutt'altro genere; allora cominciano madre e figlia a montarsi la testa, lo spavento le prende, scendono all'oscuro, che i fiammiferi si erano consumati tutti, e piú morte che vive, chiamano il portinaio; cinque minuti buoni d'orologio prima di sentirsi rispondere e di farsi sentire: avete visto tornare a casa il signor Basilio? a che ora l'avete visto? chi sa, forse non era ancora rientrato; ogni tanto gli succedeva dl restarsene fuori fino alle due, alle tre... e, se non erano riuscite ad aprire, non poteva essere colpa loro che non avevano saputo far giocare la chiave, o colpa delle serrature guaste? Ma invece, purtroppo, era rientrato piú presto del solito, anzi il portinaio si ricordava benissimo d'averlo visto passare con una bottiglia fasciata sotto il braccio: un veleno, un veleno di sicuro! ma perché non si era svegliato! sfido: potevano suonare fino a domani mattina! il portinaio, vecchio com'è, mezzo in camicia piglia i gradini a quattro a quattro, e loro dietro e la moglie del portinaio dietro, ricominciano da capo a chiamare, a battere, a tentare di sforzar la porta... tempo perso! Penelope caccia degli urli da far traballare il firmamento, sua madre, per prudenza vuol darle sulla voce e attacca l'ottava alta, di là dall'uscio il cane sembra indemoniato; comparisce una serva e per prima cosa si mette a strillare, serve e padroni compariscono da ogni parte sui pianerottoli e strillano tutti, si affollano, domandano, vogliono vedere, sapere, e l'unico che stia zitto, è quello che non si vede e non parla perché purtroppo i morti non parlano.

Abbattete la porta! gridò nuovamente il delegato alle sue guardie ma quantunque esplicito e perentorio fosse il comando, esse non parevano troppo disposte ad ubbidire e una coll'altra si consultavano piano, borbottando delle mezze parole, tenendosi indietro. Abbattere la porta voleva dire trovarsi subito di fronte un nemico del quale udivano tra i gemiti intermittenti, come se piangesse, il ringhio feroce, e che tanto piú si figuravano spaventosamente terribile quanto piú seri e mordaci erano i commentari degli astanti alla loro titubanza. D'armi non mancavano, ma con tutto l'arsenale di daghe e di rivoltelle, dov'era il temerario cui bastasse l'animo d'affacciarsi pel primo sulla soglia e senza remissione esporsi all'impeto del mastino che di certo gli si sarebbe avventato addosso? Forse non abbastanza gagliardo di fibra o poco solido sulle gambe per offrirsi lui di dar l'esempio, il delegato non osò insistere; urgevano i momenti, conveniva lasciar da banda le discussioni e tentare di rimuovere l'ostacolo, a qualunque costo, imaginando un altro mezzo meno rischioso, senonché in quel visibilio, tra l'ansia e il timore, tra l'impazienza rumoreggiante degli inquilini e i loro mille suggerimenti spropositati, appunto le discussioni si moltiplicavano frustranee, senza conchiudere nulla.

A troncarle venne improvviso, dall'interno, un gran fracasso di vetri rotti e quasi subito dopo il rimbombo d'alcuni colpi successivi d'arma da fuoco. Misericordia! in un attimo gli strilli delle donne e dei bambini, le voci degli uomini, tutti i clamori acuti e rauchi d'una gente repentinamente invasa da nuovo terrore, si propagarono in alto e in basso della scala dal portone al solaio, fu un precipitarsi per fuggire, uno spingersi cieco per guadagnare l'uscio più vicino: Misericordia! era piombata quella notte la maledizione di Dio sulla casa della signora Bernabei? D'un salto istintivo balzato indietro anche lui come quelli che l'attorniavano, stordito, incapace di qualunque pronta risoluzione, il delegato agitava in aria le braccia, anfanando nel parapiglia, e tanto per illudere sé medesimo sgolandosi quanto poteva a raccomandare la calma, la calma, la calma, allorché il battente della famigerata porta si spalancò e apparve sul limitare un caporaletto di fanteria.

Un caporaletto di fanteria.

Perché a quell'ora si trovasse fuori del quartiere, il delegato non pensò a domandarglielo; forse, dopo aver visto correre su e giù tante serve e non tutte sessagenarie e non tutte tagliate coll'accetta dall'osco, lontanamente lo sospettò ma i minuti erano preziosi e d'altra parte gli doveva troppa riconoscenza per arbitrarsi di metterlo nell'imbarazzo e di farlo arrossire. Egar lungo disteso sul pavimento nella sala d'ingresso, boccheggiante gli ultimi tratti, e coi suoi uomini si slanciò verso la camera del polacco, ancora illuminata. Solo più tardi, molto più tardi e quando le prime constatazioni di rito furono compiute, per pura curiosità volle sapere dal fantaccino in qual modo, senza dir niente a nessuno, lavorando di sua testa, fosse penetrato dall'appartamento attiguo in quello della Bernabei, mentre fuori si almanaccava l'assedio di Troia: il fantaccino non c'era più e d'andarsene avrà avuto le sue buone ragioni disciplinari, ma per arrischiarsi di nottetempo sopra un asse posticcio largo mezzo palmo, alla meglio collocato da lui attraverso il cortiletto sulla sporgenza esterna di due finestre prospicienti, per affrontare dalla finestra, col precipizio alle spalle, una grossa bestiaccia come quel maledetto cane e ammazzarla a revolverate, bisogna davvero che fosse un bel tomo, pieno di fegato, da dar dei punti a Tizio e Sempronio.

Questo pensava il delegato, anzi lo diceva francamente in un crocchio, volendo coll'ammirazione pagare il debito di gratitudine, però, siccome la coscienza gli rimordeva d'essersi lasciato prendere il passo avanti lui e i suoi fiduciari, da un ragazzotto mai visto né conosciuto, versava nelle lodi una goccia d'aceto: bellissima cosa rischiare la pelle quando il dovere lo comanda e non se ne può fare a meno, ossia si son tentate tutte le altre strade, ma rischiarla gratis et amore, così per semplice dilettantismo d'alta scuola, secondo la scienza moderna è un segno di degenerazione; chi ha letto, come li aveva letti lui, gli scritti del professore Lombroso.

Non parliamone più.

Ancora vestito di tutto punto, il polacco giaceva a terra sul tappeto dalla parte sinistra del letto. Morto? Giaceva come se fosse caduto dormendo, il capo appoggiato di sbieco contro lo spigolo della poltroncina, il braccio destro in alto colla mano aggrappata al lenzuolo, il sinistro rattrappito e tutto nascosto sotto il fianco in guisa da non lasciar vedere che le nocche del pugno. Morto? Un guanciale gli era rotolato sui piedi, intorno alle gambe gli si attorcigliava lo strascico della coltre pendente dal letto. In quella postura, basse le palpebre, le labbra semiaperte e contratte da una specie di sorriso, a prima giunta si sarebbe detto che smaltisse sconciamente la crapula in un sonno bestiale di beatitudine, ma il pallore del volto, un pallore plumbeo, un pallore tenebroso, quale sulla carne umana non si dipinge né per deliquio né per catalessi, tosto rivelava ben altro sonno; quella smorfia agli angoli della bocca che appariva sulla maschera come un ebete riso, era invece il rictus orrendo dello spasmo che non perdona.

Ma la poltroncina era rossa di sangue, il guanciale era rosso di sangue, insanguinati i lenzuoli, insanguinati gli abiti, insanguinate le mani del giacente, il tappeto addirittura una pozza da macello; sulla spalla sinistra e sul petto la giubba era strappata come dalle ugne d'un gatto. Appena gli accorsi ebbero messa in luce la parte destra del collo che piegava verso terra e la barba monacale nascondeva, rabbrividirono: dalla gola fino sotto l'occipite una turpe ferita si apriva allargando spaventosamente i suoi margini, e lacerati i tegumenti, mostrava a nudo squarciata e dilaniata l'anatomia viva, palpitante, orribile dei tessuti molli e dei muscoli, delle membrane e delle vertebre, goccia a goccia gemendo per la carotide recisa il poco sangue rimasto. Bastava vederla: tutto si poteva supporre tranne che un'arma qualunque avesse prodotto lo scempio di quella ferita; se era opera d'un assassino, ci si era messo coi denti e colle unghie intorno alla sua vittima per sbranarla come l'avrebbe sbranata una belva?

 Presto, un uomo alle guardie notturne di Piazza Corvetto: mandino subito un medico che venga a constatare la morte. Con tanta gente nei piedi, non c'è un medico in questa casa del diavolo? Brigadiere Mistretta, alla Centrale, di volo, e poi dal Procuratore del Re e dal giudice istruttore. Fate stare indietro i curiosi, vadano a dormire e sarà meglio; quante volte ho da dirlo? parlo turco? via tutti, non c'è niente di bello da vedere; venisse il Padre eterno, guai a voi altri se lo lasciate entrare senza mio permesso! Prima di tutto, ora ho da interrogare la padrona di casa: dov'è la padrona di casa? chiamatela, lei e sua figlia, che intanto comincino a dirmi quel che sanno sul conto del loro inquilino. Nessuno si accosti al cane, nessuno lo tocchi finché il perito non si sia pronunciato. E fatevi dare dei lumi; da tanto tempo che arde questa lampada non ha piú petrolio; pigliateli dove volete, ingegnatevi: l'importante è che quando a momenti saranno qui le autorità non ci trovino nelle tenebre.

Una rapida ispezione sommaria a colpo d'occhio aveva tolto anche l'ombra del sospetto che potesse trattarsi d'un delitto a scopo di furto: sul cadavere non erano stati toccati né l'orologio d'oro né il portafogli contenente parecchi biglietti da cinquanta e da cento lire, i vari cassetti erano intatti. Aspettando la perizia medica, il delegato procedeva all'interrogatorio della signora Bernabei, ma nient'altro che per scrupolo di coscienza e di formalità, e secondo lui e secondo il parere di tutti quelli che da vicino avevano visto il quadro della tragedia e potuto esaminare la ferita mostruosa, l'autore dell'assassinio era già scoperto.

Profondamente infossate le materasse recavano l'impronta d'un corpo che vi avesse riposato sopra parecchio tempo, greve come una massa inerte di piombo: niun dubbio che la vittima era scivolata giú a terra, svegliata di soprassalto, nel dibattersi contro la morte. L'uscio aperto, la lampada rimasta accesa, sul marmo del caminetto un bicchierino a calice e un cavaturaccioli appiedi d'una bottiglia di wisckey ancora sigillata e solo a metà sfasciata della carta che l'avvolgeva, erano segni manifesti che il polacco giunto in camera sua e disponendosi a tracannare un sorso, era stato colto suo malgrado da un sonno invincibile, e cosí vestito come si trovava, senza neppure slacciarsi la cravatta, si era buttato sul letto.

Sarebbe stata la prima volta che un cane, divenuto ad un tratto furibondo non si sa perché, piglia nel sonno il suo padrone, gli si avventa alla gola, gli pianta i denti nella carne, lo lacera, lo dilania, gli spezza la carotide, lo fa morire scannato? Non si discorre di idrofobia che qui l'idrofobia non c'entra, ma per quanto si esalti e dacché mondo è mondo sia portata in proverbio l'affezione dei cani pel loro padrone, essi pure vanno soggetti a morbosi fenomeni di ribellione feroce, massime certe razze selvaggie e quasi indomabili, e se per disgrazia vi capiti di possedere una di queste bestie, non vi fidate: niente di piú facile che all'improvviso, magari senza causa apparente, l'istinto del sangue si manifesti e quando meno ve l'aspettate vi vediate aggredito. Non succederà tutti i giorni, forse una volta su mille, ma può succedere: la scienza parla chiaro, non si sbaglia la scienza, e il delegato che era uomo studioso e oltre ad occuparsi specialmente e seriamente d'antropologia criminale, sapeva a memoria le opere dei piú insigni naturalisti moderni, si preparava a suffragare con validi esempi la sua convinzione, appena fossero arrivate sul luogo le autorità giudiziarie. Se poi, per uscire dal campo delle teorie ipotetiche, si voleva una prova palmare e positiva a filo di logica, tale da non temere obbiezioni, bastava quest'argomento e il Procuratore del re e il giudice istruttore, comprendendone tutta la portata avrebbero subito riconosciuto l'inutilità perfetta d'ogni altra indagine: con un guardiano cosí formidabile come quello che vigilava i sonni dell'infelice predestinato, un estraneo, per audace e temerario che fosse, si sarebbe introdotto nella stanza a rischio d'esser fatto a pezzi sul momento? e introdottosi, mettiamo con prodigi di cautele, non solo sarebbe sfuggito a una lotta terribile con l'animale, ma davanti ad esso avrebbe avuto agio di compiere il suo misfatto con tanta libidine di barbarie e poi sparire pacifico, senza lasciar traccia di sé? O quest'uomo era uno stregone che affascinava pure il demonio, o il cane era un cane dipinto.

In complesso il ragionamento del delegato filava dritto né occorreva essere profondi nelle discipline fiscali per arrivarci, né aver messo a soqquadro le biblioteche; tanto dritto, che udite le conclusioni sommarie di due dottori, il magistrato venne seduta stante nelle medesime idee, abbandonando ogni velleità di promuovere l'inchiesta contro assassini puramente imaginari. Dalle risultanze dell'esame necroscopico stabilito pel giorno dopo coll'assistenza d'altri periti, coteste conclusioni avrebbero avuto piú tardi dimostrazione e conferma, ma frattanto non potevano essere piú categoriche: la morte era stata determinata da emorragia traumatica per rottura dell'arteria jugulare destra in seguito al morso d'un animale carnivoro, come ne facevano fede le lacerazioni dei tessuti e dei vasi sanguigni, frastagliate ai lembi con visibile simmetria delle incisioni dei denti.

Gran mercede che di sua iniziativa e sfidando il pericolo, forse senza neppure conoscerne la gravità, un giovine animoso avesse fatto pronta giustizia della belva e cosí prevenuto altre disgrazie; senonché i due medici, costretti dall'evidenza a non accusare che il cane, si trovavano davanti a un problema inesplicabile nel volersi rendere conto dei solchi profondi che tanto sugli abiti dell'ucciso come sulle carni apparivano impressi da veri artigli felini; esaminando bene, anche nello squarcio del collo i segni caratteristici lasciati dai morsi corrispondevano per la forma e la disposizione assai meglio ai denti d'un felino anziché a quelli d'un canide. Ma simili sottigliezze che in altra congiuntura avrebbero avuto un'importanza massima, erano oziose questa volta di fronte a ben altre prove materiali e certe che ne distruggevano la momentanea parvenza e i dottori non esitavano a persuadere se medesimi che al domani un'analisi calma, fatta in migliori condizioni, avrebbe spiegato l'enigma.

Questo succedeva a Genova, in una casa di via Palestro, la notte dal 15 al 16 aprile 1894.

La signora Bernabei quando sul conto del suo pigionale aveva detto e ripetuto che era un orso, di giorno quasi sempre tappato in casa dove ogni tanto venivano a trovarlo certe faccie barbute e misteriose come lui, che non erano mai le stesse che a guardarlo dal buco della chiave passava le eterne ore a tavolino ruminando sui libri e imbrattando montagne di carta, su per giú aveva detto tutto quello che sapeva; a orecchio i vicini l'avevano battezzato polacco, e polacco era anche per lei, che colla geografia era molto di manica larga, sebbene, dovendo fame registrare il nome in questura, egli si fosse dichiarato nativo d'un villaggio nei dintorni di Mosca.

Meglio lo conoscevano al Consolato russo e in obbedienza a speciali istruzioni non lo perdevano d'occhio: spiandone quant'era possibile le abitudini, sorvegliandolo nelle sue passeggiate notturne e nelle sue rare amicizie: Vasili Nicolaievitch Tchernyschewski giornalista, professore d'economia politica prima a Smolensk poi a Odessa al liceo Richelieu, di idee democratiche e sovversive, e per queste licenziato dall'insegnamento, affigliato alle sette nel 1872 condannato in contumacia a dieci anni di lavori forzati nelle mine imperiali per aver fatto parte a Kiew d'un complotto contro la sicurezza dello stato, fuggito in Francia, espulso dalla Francia dopo pochi mesi; venuto girovago tra Milano, Firenze e Genova, in Italia, donde seguitava a mandare ai suoi correligionari opuscoli di propaganda anarchica, informati alla scuola di Bakounine, che giungevano per via clandestina e a migliaia di copie erano sparsi per tutta la Russia.

In aggiunta a queste notizie ufficiali, registrate nel protocollo, non si ignoravano altri particolari d'indole diversa e forse maggiormente curiosi: uscito appena dall'università di Mosca, giovanissimo, Vasili Tchernyschewski si era sognato di innamorarsi, e fin qui nessuna meraviglia, ma apostolo fervente della rigenerazione sociale, non dall'amore fatto cieco, bensí da un falso scrupolo di coscienza e di predicar coll'esempio, aveva sposato una cavallerizza o un'acrobata, non si sapeva bene, taluni asserivano una domatrice di belve, insomma una creatura da circo della peggiore specie; e cotesta donna tolta dal fango e che egli credeva in buona fede di aver redento, era stata lei a denunziarlo, dopo parecchi anni d'ingiuria atroce al suo onore con quanti le capitavano, e l'aveva denunziato speculando sulla passione senile d'un alto funzionario e mercanteggiando a rubli il prezzo del tradimento o della calunnia, poiché circa il complotto di Kiew si susurrava che i tribunali fossero stati ad arte ingannati.

E ramingo, esule, sotto il peso d'una sentenza implacabile, Tchernyschewski le aveva perdonato a questa donna! le aveva perdonato e seguitava ad amarla nell'esiglio come l'aveva amata in patria al focolare domestico. Il protocollo venuto da Pietroburgo lo accusava d'essersi fatto nuovo portavoce delle teorie di Bakounine e dell'altro Tchernyschewski suo omonimo, Nicola Gawrilovitch, autore del famoso romanzo Cyto dielat? e nei suoi opuscoli di eccitare alla strage col ferro e col fuoco i fratelli della santa Russia; ebbene, per una contraddizione da pazzo o un'ingenuità da bambino, dato che i suoi accusatori non ne travisassero a loro consumo l'apostolato, quest'incendiario derivava dal cristianesimo il futuro rinnovamento; camminando attraverso le nebbie insanguinate del nihilismo, predicava come Tolstoi il regno di Dio sulla terra e levava in alto il Vangelo perché rischiarasse la via, unico faro di luce e di verità. E dal Vangelo aveva attinto l'abnegazione del suo perdono, altrimenti non concepibile: amate i vostri nemici, fate del bene a coloro che vi odiano, vi perseguitano, vi calunniano; dov'è il merito, dov'è il sacrifizio, se non sapete amare che in contraccambio, per obbligo di gratitudine?

In uno dei suoi ultimi scritti, facendo chiara allusione a colei che appunto con tanta gratitudine l'aveva rimunerato, coperto d'ignominia, abbeverato d'assenzio, tratto al suicidio se un'altra fede migliore non l'avesse soccorso, Vasili Tchernyschewski spingeva l'oblio dell'offesa e la carità del perdono fino ad offrire per lei la sua vita: «...vicina o lontana, se c'è una creatura di Dio in qualche parte del mondo che possa temere da me anche un solo pensiero di vendetta, non mi giudichi dall'amarezza delle mie parole; sapendomi qui fuggitivo e abbandonato da tutti, coll'agonia nell'anima e il fantasma della patria davanti agli occhi, oppresso dai terrori notturni d'una visione inesorabilmente crudele, non pensi che le presenti torture mi strappino dalle labbra un grido di maledizione. Non so maledire. Dove sei, dove sei, o tu che non rispondi? L'eternità è popolata di misericordie infinite, e sarò io quello che non avrà indulgenza per te, io che ti ho amato, io che ho creduto ai tuoi sorrisi e alle tue lagrime, e come della mia credo all'immortalità della tua anima e presto o tardi, anche tuo malgrado, ho la certezza di rivederti? Intanto il mio spirito è con te e non ti abbandona, soffre e non ti abbandona, trema e non ti abbandona. Chiamo Dio in testimonio: ascoltami: se un pericolo imminente ti sovrasta, se ti si affaccia davanti, terribile, il minuto supremo al quale forse non hai mai pensato, contro di me si volga quel pericolo e perché tu sia salva, quel minuto diventi l'ultimo della mia vita; posso ancora darti qualche cosa? non ho piú che il mio sangue. Altre penne, altre spade continueranno, meglio della mia, a combattere la santa battaglia; in Russia e nel mondo i fratelli sono legione; ho udito una voce, è la tua voce che mi chiama? è la voce di Dio che m'impone per un'anima, per l'anima tua, il sacrifizio della mia vita? eccomi, ti ho dato tutto, non ho piú che il mio sangue».

È un peccato che Max Nordau non parli affatto di Vasili Tchernyschewski, laddove flagella i degenerati del misticismo, Tolstoi in capo di lista, e li deride; strana omissione pel maestro che tutto ha detto, tutto conosce, e a cui la forma e la sostanza del brano riferito avrebbero somministrato un esempio di piú del delirio mistico in questo fine di secolo, se pure ciò che egli chiama delirio non è piuttosto la rivelazione dell'invisibile.

Dopo alcuni giorni, comunicata per telegramma al suo governo la fine miseranda del cospiratore, il console stava redigendo una minuta relazione la quale doveva accompagnare a Pietroburgo tutte le carte di Tchernyschewski rinvenute nella sua stanza e consegnate dalla questura, allorché gli pervennero due giornali d'Odessa, che non era solito ricevere, il Novorossiiskii Telegraj e l'Odesokii Listok, in data l'uno e l'altro del 4 aprile e l'uno e l'altro recanti con matita rossa un segno di richiamo sullo stesso fatto di cronaca. Torna superfluo rammentare che secondo il calendario grecoortodosso la data del 4 aprile corrisponde a quella del 15 secondo il calendario gregoriano.

«Un'orribile tragedia poco mancò che non avvenisse ieri sera lunedí, nel serraglio di bestie feroci eretto a Koulikow Pole dalla celebre domatrice Wanda Fedorowna Gagarine, e ancora adesso ci domandiamo per quale miracolo della Provvidenza fu scongiurata una catastrofe che purtroppo sembrava inevitabile. Sotto l'impressione viva del terrore, palpitando tuttavia noi che eravamo presenti quei due minuti d'angoscia che furono secoli e non dimenticheremo mai piú, ci assale un brivido di freddo e la penna ci trema fra le dita.

Come ogni sera una folla grande di spettatori era stipata nella galleria, avida d'emozioni violente e malsane, non mai abbastanza biasimate da quanti nutriscono vero sentimento d'umanità; l'odore ferino ammorbava, gli urli e i ruggiti si rispondevano da un capo all'altro della baracca, sempre piú insistenti, sempre piú iracondi, mano mano che si avvicinava l'ora del pasto, il quale, al solito, doveva essere preceduto dall'entrata di Wanda nelle gabbie. Confessiamo schiettamente che simili spettacoli non solo non ci allettano ma ci guarderemmo bene dall'assisterci, se piú forte della nostra ripugnanza non fosse il dovere di pubblicisti che ci si impone; giustizia vuole però nel tempo stesso che a rischio di ripetere ciò che scrivemmo la settimana scorsa, rendiamo omaggio d'ammirazione a Wanda Gagarine, delle domatrici mondiali la piú intrepida e la piú elegante, ma che accoppia la grazia alla forza, l'arditezza alla poesia e non sappiamo se come Orfeo affascini le belve colla musica della voce o come Medusa col lampo degli occhi, se le incanti col sorriso o le soggioghi coll'audacia.

La rappresentazione procedeva in mezzo al silenzio trepidante del pubblico, il cui entusiasmo lungamente represso dall'ansietà, scoppiava in applausi frenetici sul finire di ciascun esercizio; Wanda era uscita dalla gabbia dei leoni, dove una famiglia di cinque re del deserto nubiano si prostrava innanzi a lei, tutti cinque mansuefatti dal suo sguardo e obbedienti come agnelli per entrare in quella della pantera. Abbiamo già parlato altre volte di questo superbo animale venuto da Borneo, novizio alla prigionia, senza fallo il campione piú classico che possa ammirarsi in un serraglio, nelle forme flessuose, nell'agilità e nello scatto dei movimenti, nel mantello screziato e ondulato, nel verde oro delle pupille, il tipo perfetto della sua razza, simbolo vivente di bellezza e di forza, d'astuzia e di ferocia, terribile e fascinatore. A rapidi passi misurava su e giú il breve spazio concessogli, sferzandosi i fianchi colla coda, gli occhi sempre rivolti verso la folla; si accovacciò in un angolo, la groppa contro le sbarre, fissando immobile l'usciolo, nel momento preciso che Wanda Gagarine comparve.

Qui era l'aspettativa maggiore, poiché tutti sapevano come la bestia non avesse abdicato ai suoi istinti e non di rado, mostrandosi ricalcitrante, opponesse minaccia a minaccia. È noto che Wanda Gagarine, a differenza d'altre sue compagne che sfoggiano nelle loro funzioni abiti esotici all'ussara o alla baiadera scintillanti d'orpello, si presenta invece vestita da amazzone, semplicissima, tenendo lo strascico ripiegato sul braccio e unica arma il frustino. Avanzò di qualche passo, proferí nel gran silenzio una sola parola, accompagnata da un gesto risoluto che significava un comando, ripeté il comando in tono piú alto e piú vibrato, ma non fu obbedita, avanzò ancora, col frustino brandito in aria, fin quasi a sfiorare col lembo della sua veste le gambe anteriori della belva, ma repentinamente la vedemmo indietreggiare, protendendo le braccia in atto di schermirsi da un assalto, vacillare, cadere riversa. Fu un batter di palpebre: la pantera le stava già addosso con tutto il peso del suo corpo.

Un urlo, un urlo immenso irruppe dalla moltitudine degli spettatori come da un'anima sola. Non sappiamo altro, non rammentiamo altro di ciò che avvenne intorno a noi, tutto il nostro essere fu assorbito dalla scena di quel gruppo immobile sotto i nostri occhi, immobili noi pure, esterrefatti, incapaci d'una parola o d'un gesto se una parola o un gesto fossero bastati per dissipare la visione. Non potevamo scorgere della donna che i piedi e un braccio, tutta la persona rimanendo nascosta sotto l'abbominio dell'enorme pelliccia che la schiacciava; senza il piú lieve tremito dei muscoli, ghermita la preda e oramai sicuro che non gli sfuggiva dagli artigli, il felino pregustava lungamente la voluttà del sangue e assaporava la nostra agonia.

Ma perché non l'uccidevano? morta per morta la donna, non c'era nessuno che si azzardasse colle armi alla mano a tentare l'ultima carta?

Un uomo penetrò nella gabbia, vera apparizione tanto fu rapido il suo ingresso, quasi fosse passato attraverso le sbarre. Onore a lui. Lo riconoscemmo: Vasili Tchernyschewski. Piú coraggioso, piú generoso d'ogni altro, veniva a salvare colei che era stata sua moglie. Onore a lui! si piantò dritto davanti alla pantera, fissandola; i suoi occhi sfolgoravano. La pantera ebbe un guizzo per le membra, credemmo già di vederla spiccare il salto e slanciarglisi sopra e atterrarlo, ma soggiogata dal carbonchio vivido di quegli occhi, strisciando all'indietro, sul ventre, si ritrasse a poco a poco, ansante, furibonda, vile, finché il corpo giacente di Wanda Gagarine restò del tutto scoperto, finché sempre incalzata dall'uomo che la spingeva verso il fondo, strisciando sul ventre e rimpicciolendosi a poco a poco si ridusse nell'angolo piú lontano, dove non era piú che un gomitolo. Chi in quel momento abbia avuto l'ispirazione d'abbassare la saracinesca, non si sa: la gabbia rimase divisa, da una parte Wanda, incolume, salva! dall'altra il duello; fu lí che la belva riuscí a spezzare l'incantesimo e si avventò al collo del domatore, ma troppo tardi; per un prodigio della sorte, egli aveva fatto in tempo a sparire dietro l'usciolo, e se ci sembrò un istante di vederlo lottare nell'orribile abbraccio, senza dubbio non fu che una allucinazione momentanea dei nostri sensi ubbriachi di terrore e d'ansietà...

Non sappiamo darci cagione perché Vasili Tchernyschewski continuò a rimanere nascosto. Non lo trattenga il timore della condanna inflittagli: a quest'ora l'atto eroico e magnanimo da lui compiuto ha cancellato la colpa e dal Trono imperiale, ne siamo certi, non tarderà a scendere sul suo capo la grazia plenaria del perdono».

31 ottobre '95